# Y del pecado que nos asedia

## Mi autobiografía

## Michael Wright

*AuthorHouse™*
*1663 Liberty Drive*
*Bloomington, IN 47403*
*www.authorhouse.com*
*Teléfono: 1-800-839-8640*

*Publicada por AuthorHouse 06/27/2016*

*ISBN: 978-1-5246-0632-9 (tapa blanda)*
*ISBN: 978-1-5246-0633-6 (libro electrónico)*

*Numero de la Libreria del Congreso: 2016907157*

*Información sobre impresión disponible en la última página.*

*Las personas que aparecen en las imágenes de archivo proporcionadas por Thinkstock*
*son modelos. Este tipo de imágenes se utilizan únicamente con fines ilustrativos.*
*Ciertas imágenes de archivo © Thinkstock.*

*Este es un libro impreso en papel libre de ácido.*

*Debido a la naturaleza dinámica de Internet, cualquier dirección web o enlace contenido*
*en este libro puede haber cambiado desde su publicación y puede que ya no sea válido. Las*
*opiniones expresadas en esta obra son exclusivamente del autor y no reflejan necesariamente las*
*opiniones del editor quien, por este medio, renuncia a cualquier responsabilidad sobre ellas.*

authorHOUSE®

# ...Y Del Pecado Que Nos Asedia...
## Por: Michael C. Wright—Capellán Ordenado

Hebreos 12: 1

"Por tanto, nosotros también, teniendo en derredor nuestro tan grande nube de testigos, despojémonos de todo peso, *y del pecado que nos asedia*, y ___corramos con paciencia___ la carrera que tenemos por delante."

# Tabla del Contentido

# Prólogo, por Reverendo Moisés Garo, Pastor, IdDPMI, Carol City, FL.

El autor, caracterizado por su entusiasmo, su amplia y espontánea sonrisa, su locuacidad y su facilidad para hacer amistades, es un afroamericano nato, que domina varios idiomas. A simple vista, un intrépido latino de tez oscura con modismos y tintes norteamericanos. Es un líder natural de acrisolada experiencia militar. Un capellán que sirve con entusiasmo su ministerio. En este pequeño libro, desnuda totalmente su alma, mostrando áreas de su vida que muchos ocultarían hasta la muerte y que casi todos desconocíamos hasta la lectura del mismo.

Procede de un matrimonio disfuncional que sucumbió, lamentablemente, cuando él era apenas un preadolescente. Él y sus hermanos pasaron a vivir en la casa de un tío en Birmingham, Alabama, mientras la mamá se estableció en Cleveland, Ohio. A los niños se les dijo que lo que estaba pasando "era para lo mejor" y que era "solo por un tiempito", también se les dijo: "No se preocupen. Van a salir bien." Pero la separación fue definitiva. El matrimonio se destruyó. "Como puedes imaginar-dice él- esta noticia fue devastadora para los chicos."

Poco tiempo después su mamá fue diagnosticada con lupus y pronto moriría azotada por esa terrible enfermedad. "Esa noticia devastó a todo el mundo. Aun mi papá, a quien yo nunca había visto llorar, ese día, sí lloró, -afirma. "El servicio fúnebre fue un asunto sobremanera triste." Anota como todos los adultos recibían palabras de consuelo y aliento, pero ni un solo de los presentes tuvo palabras similares para los niños.

Tal vez la ausencia de sus padres en los años críticos de su arribo a la juventud, explique en parte, las experiencias que él comunica en este libro. Disfrutó algunos momentos bellos junto a su papá, pues trabajó con él durante una de sus vacaciones de verano escolar y su padre le dio $90.00. Dice cerca de este hecho: "En ese tiempo, esa cantidad era mucha. Me dijo que yo debía usarla para el venidero año escolar. No fue una experiencia tan mala, después de todo."

Durante esas vacaciones, salió de pesca con su papá y éste vio una culebra mocasín que cruzaba el lago. La culebra "nadó hasta la ribera a la izquierda de nosotros, como a una distancia de 20 yardas y culebreó fuera de nuestra vista. "Admito –dice el escritor- que me sentí seguro con la presencia de mi papá allí conmigo… y deseaba que pudiéramos tener más momentos como estos."

El libro, como ya dijimos, es un paseo hacia el interior del autor. Diáfana y sencillamente, explica la causa que le impulsó a escribirlo:"la confesión honesta ante el pueblo de Dios, es un paso más hacia la transparencia espiritual y ministerial." Con esa frase abre los salones de su corazón, para mostrar, cuánto le asedió y le postró, la lascivia desde sus años mozos. Es una forma inusual de pedir perdón a todos, pues él entiende que, en algún modo, ha fallado ante todos.

Admira y ama a su esposa entrañablemente. Lo expresa varias veces y de diferentes formas a lo largo del libro. He aquí algunas: "Ella es una mujer altamente virtuosa." "Sin ella, estoy más que seguro que yo no sería el hombre que soy." "Mi querida Lucy, mi amor y mi cariño… te quiero tanto." "Tú has sido una bendición a mi vida. No te merezco." "Doy gracias a Dios que te ha puesto en mi camino." "Te quiero para siempre."

En cuanto a su encuentro con ella en Europa, mientras la llevaba de Holanda hacia Betemburgo, en Luxemburgo, parece ensimismado contemplando plácida y furtivamente a su amada y lo expresa así: "¡Caramba, que contento estaba yo de verla! Se veía tan hermosa... Platicábamos todo el camino hasta llegar a nuestro apartamento…"

Lucy Wright, su esposa, es una pastora muy querida por todos. Líder de madurez y templanza. Verdadera mujer de Dios que irradia amor y sencillez. Persona de fe, capaz, llena de ternura y de paz, humilde y paciente. Soportó por un muy largo tiempo las falencias de su esposo, porque creyó que el Todopoderoso lo libertaría del pecado que lo asediaba. Y así fue.

Su conversión, como muchos otros acontecimientos en la vida del autor, fue algo maravilloso e inusitado. Se entregó al Señor, sin que nadie le predicara. De varios modos, el Creador le llevó a visiones y experiencias trascendentes, que le hicieron comprender su vacío y la ausencia de valor en su vida, así como lo que sería su destino eterno destituido de la gloria de Dios. Se pinta un retrato vivo del hedonismo, la confusión y la superficialidad del hombre de esos tiempos, los cuales le induce a buscar con diligencia lo que careció de la misma, hasta que se encuentra con el único que le da verdadero sentido a la existencia humana, el único Hijo de Dios, Jesucristo.

Dio sus primeros pasos en la fe, en un grupo católico carismático, donde también fue bautizado en Espíritu Santo y fuego. El señor Jesucristo prometió que el Santo Espíritu, guiaría a los que deseen hacer la voluntad de Dios. Y esto se cumplió efectivamente en él. Un día Dios le mostró el cuadro de su vida carente de sentido y de valores. Le dio una visión del infierno. Lo guió a salir de la iglesia romana. Lo inquietó a leer la Biblia completa varias veces. Puso en sus caminos hermanos y ministros que contribuyeron a su crecimiento espiritual.

Esta obra, aunque es poco extensa, es muy intensa. Podría ser útil para entender cuan horribles pueden ser los efectos de la ausencia de los padres en la vida de los hijos. Ayuda a comprender qué fuerte son las ataduras del pecado y lo difícil que es escapar de la pornografía y de sus maléficos acompañantes: onanismo (masturbación), degradación de la naturaleza y de la santidad del sexo, conciencia de pecado, sexo ilícito, lujuria, mentiras, hipocresía, irrespeto y desconsideración al conyugue, entre otros.

Revela la lucha perenne de un hombre que desea ser honesto ante Dios, ante su conciencia y ante los que le rodean. Pone de manifiesto su constante dolor, amargura, ansiedad e incluso el llanto desesperado, frente a cada caída y su posterior levantamiento. Algo que llegó a ser cíclico y humillante en su vida. Dolorosa llaga putrefacta, difícil de sanar y de simular.

Vierte en el libro pautas efectivas para la liberación de esa esclavitud que afecta a millones de personas, algunas de ellas cristianas, según datos estadísticos. Sus experiencias como líder militar, como ministro del Señor y como profesional sicoterapéutico, y sobre todo, como alguien que salió de ese oscuro cautiverio, son credenciales suficientes para ayudar a quienes subyacen en el suelo de la adicción a la pornografía, el onanismo, el sexo ilícito o cualquier otro hábito pernicioso.

El libro es además, un paseo por varios países y culturas, que muestra las fuertes vivencias del autor en tres continentes diferentes.

Lea este libro. Es, en palabras de su autor, "un paso más hacia la transparencia espiritual y ministerial" del autor, que le permitirá adentrarse en los laberintos oscuros del pecado que le asedió. Es una evidencia de que Dios liberta del yugo del pecado a todo quien se disponga a buscar su auxilio.

Pastor Moisés Garó
Diciembre 2015

## Colaboración por Reverendo Alejandro Aponte, Pastor, IdDPMI, Lake Worth II, FL.

Dios bendiga al Capellán Ordenado Michael Wright y a su amada esposa, la Reverenda Lucy Wright y a toda su familia. A través de este libro, veremos su impactante testimonio y como pudo vencer y lograr el propósito de Dios en su vida. Éxito en el ministerio y con todo aquello que se proponga a realizar en su vida.

Reverendo Alejandro Aponte

# Dedicación

Si alguien merece que yo le honre o le dé lugar de reconocimiento, primeramente e indudablemente es mi Dios y Salvador Jesucristo, quien a pesar de mis muchas faltas y fallas innumerables, ha visto bien tener misericordia sobre mi vida y retenerme en el ministerio. Yo no merezco tal amor inescudriñable. Realmente, después de entender lo vil y muy inmerecido que yo soy de su misericordia, con todo Él miró más allá de mis inconsistencias humanas y vio algo redimible en mí aunque yo no sé qué. A su nombre la gloria sea para siempre.

Segundo. Después de mi santo Dios Yahveh y mi Salvador Jesucristo, sería un ingrato en extremo, a no incluir mi esposa de mi juventud entre los que más merecen reconocimiento. Ella, que por los últimos 34 años, (lo cual cumpliremos ya en septiembre), ha tenido paciencia con este servidor. Cuando supo de mis fallas humanas y como desde mi juventud, he estado luchando con este demonio en mí. Con todo, no se marchó ni pidió divorcio (aunque tenía todo el derecho de pedirlo). De lo contrario, trabajó mano a mano conmigo, perdonando mis mentiras, decepciones y deshonestidad. Con valor e indignación, me soportó hasta que yo superara este azote que yo permití que me dominara por tanto tiempo. Ella es una mujer altamente virtuosa y sin ella, estoy más que seguro que yo no sería el hombre que soy hoy en día. Nunca en mi vida la dejaré y como dijimos en nuestros votos matrimoniales: "…hasta que la muerte nos separe…" Gracias a Dios, ella los tomó en serio. "Mi querida Lucy, mi amor y cariño, yo te quiero tanto. Tú has sido una bendición a mi vida desde que nos conocemos. No te merezco. Por eso doy gracias a Dios que te ha puesto en mi camino. Te quiero para siempre".

Tercero, son pocos los ministros que, llevando altas posiciones conciliares, tienen tiempo para escuchar a los ministros que sean de poca importancia, pero hubo un destacado ministro del Señor de alta jerarquía, cuyo nombre quedará anónimo, que se mostró todo lo contrario a ese estereotipo. Cuando me acerqué a él para derramar mi agonía y mi corazón tocante a mi corrupto vicio, no se repugnó de mí, (aunque tenía todo derecho de hacerlo) sino oró con este adolorido servidor, clamando conmigo en el altar de su iglesia. Gracia a sus consejos y sus orientaciones, junto a la ayuda de mi amada esposa, pude superar esas dolorosas flaquezas. De la misma manera, a usted, amado lector que estás tomando de su precioso tiempo para leer la historia autobiográfica de este siervo arrepentido y humillado, pido también perdón a usted, por ser negligente cuando debía ser más vigilante. Pero sepas que como el amado salmista David dijo en su famoso Salmo 51:3 (RVG-2010) "Porque reconozco mis rebeliones; y mi pecado *está* siempre delante de mí", yo, de igual manera, también he sentido que en medio de este problema, Dios me ha mostrado más que nunca su amor. Jamás me abandonó. Puedo decir con certeza que Él me ha devuelto el gozo de la salvación y me ha permitido seguir ganando almas para su gloria y honra. Lo que confieso en este libro, es una las cosas más penosas que he tenido que hacer en mi vida; pero la confesión honesta ante el cuerpo de Dios, es un paso más hacia la transparencia espiritual y ministerial. Nadie me ha obligado hacer esto, sino que he sentido de parte del Espíritu Santo compartir este testimonio. Pues, lo haré con mucho gusto.

Que Dios bendiga a todos los ministros, pastores, hermanos y hermanas en la fe que han orado por mí y conmigo. No merezco su amistad, pero yo sé que un verdadero amigo o amiga no está presente solamente en las buenas, sino en las malas también. Con este fin quedan, hasta que él que fuere sorprendido en alguna falta o pecado, sea recapacitado y restaurado por el amor, misericordia y la gracia de Dios. Yo soy esa persona. Muchísimas gracias también al ministerio "Pure Life Ministries" basado en Kentucky. Aunque nunca me fue posible ir personalmente allá, a través de sus excelentes videos que son accesibles a través del internet a cualquier, me brindó consejo oportuno que atacó la raíz de mi adicción y me fue extremadamente beneficioso y positivo en mi camino hacia la recuperación de mi integridad, espiritualidad y quebrantamiento final de la adicción maldita. Que Dios bendiga a los hombres y mujeres que trabajan allí, quienes para mí son muy empáticos, habiendo ellos en otro tiempo, trazado este camino también. La gloria y honra sea para Dios siempre. Amen. Digno de igual mención es el librito corto: Tentación Sexual, por el autor Cristiano Randy Alcorn. Corto y breve, pero poderoso en su mensaje a los que están atrapados en este vicio y adicción. Todos estos medios me ayudaron bastante en mi lucha contra pecado que me asedió. Que Dios bendiga al hermano Randy también.

Quiero decir que en esta profesión de psicoterapeuta, en el campo de adicciones, veo la ironía de uno poder ayudar a otros con sus problemas y al mismo tiempo, no poder ayudarse a sí mismo. Es algo contraproducente, destinado a fracasar temprano o tarde. Lo que sigue, a pesar del hecho de que sea un testimonio personal, es también una oportunidad de observar de cerca, la longanimidad y paciencia de Dios en acción; es decir, lo que Dios hace con sus hijos para mejorarlos hasta que su luz brillante se refleje en ellos. De como Dios habla, de cómo me hizo pasar por tantas pruebas de fuego para al fin hacerme más empático, sensible y compasivo para todo los que tengan sus adicciones, cuáles sean. Antes, no podía entender bien porque una persona no se controlara si fuese sorprendido o dominado por alguna falta, pecado, debilidad o manía. No es que me creía mejor que ellos, sino dudaba dentro de mí porque no podían por fuerza propia humana dominarlas. Ahora veo simplemente que todos estamos en diferentes etapas de progreso en esta caminata cotidiana con nuestros Señor y Salvador Jesucristo. Y si él tiene la paciencia de esperar hasta que todos seamos perfeccionados en él, ¿Quién soy yo para no desear lo mismo para todos mis hermanos y hermanas en la iglesia universal de Jesucristo? La Biblia en Gálatas 6:1 (RVG-2010) dice: "hermanos, si alguno fuere tomado en alguna falta, vosotros que sois espirituales, restaurad al tal en espíritu de mansedumbre, considerándote a ti mismo, no sea que tú también seas tentado." Por muchísimos años, yo fui tentado y había caído por causa de mis propias concupiscencias. Mas ahora puedo decir: "Gracias mi Dios, por esta revelación tan grande y a la vez sencilla en mi vida. Te amo de todo mi corazón y te serviré hasta mi muerte porque me hiciste ver lo que por muchos años, no podía ver. Gracias mil y amen."

# Capítulo 1

A una persona atlética, este versículo de inspiración Hebreos 12:1 (RVG-2010) tiene mucho sentido, porque el atleta, sea mujer o hombre, sabe que si tiene que participar en cualquier evento que requiere vigor, tal vez escogieren a utilizar pesas, ya sean para el tobillo del pie, hombros o piernas con el fin de fortalecerse más en su fuerza muscular. Cuando se haya despojado de esas pesas, parecen entrar en una euforia debido a los sentimientos de ligereza que experimentan momentáneamente. Sin las pesas, ahora pueden saltar más alto, correr más ligero y aguantar distancias más largas. Si el autor de la epístola a los Hebreos supo esto, entonces solo es un asunto de deducción lógica, nosotros los que amamos a Dios, debemos también aprovechar su consejo. Si hubiera una paradoja a esta exhortación, seria en el hecho que debamos emprender esta carrera con paciencia. La misma idea de prepararse para una carrera implica el uso de velocidad y tomando ventaja de la agilidad que uno posee. La mayoría de los atletas quieren terminar la carrera tan pronto que sea posible y dependiendo el evento que hayan escogido para participar, esto tiene sentido. Al atleta que gane *primero*, a él va el premio. Es sencillo, ¿no? Sin embargo cuando referimos a la carrera "Cristiana", la mayoría de nosotros no sabemos qué clase de "evento" en el cual nos toca a participar diariamente. Es difícil planear una estrategia si no sabemos qué clase de obstáculo debemos confrontar, uno podría decir. Es por esto que Jesús impartió a nosotros sus palabras de sabiduría cuando dijo: "Así que, no os afanéis por el mañana, que el mañana traerá su afán. Bástele al día su propio mal. Mateo 6:34 (RVG-2010) Esto implica que para el cristiano, no existe una manera segura de saber qué clase de obstáculos nos esperan de un día para el otro, como sea el caso. Es por esto que debemos tener paciencia para correr esta carrera "Cristiana". Me imagino que aquí está el punto donde el lector diga: ¿Y qué tiene que ver todo esto contigo?" Muy contento que usted haya hecho esa pregunta. En realidad tiene mucho que ver conmigo y en muchas maneras, porque describe perfectamente la lucha que tenía. Admito que estoy comenzando mi historia "antes de conocer de Cristo" y no después. También debo confesar que no es sin la vergüenza más alta que yo vengo a compartir esta porción de mi testimonio personal aquí, pero hacer menos implica que yo mostraría un desdén a la idea de transparencia y la integridad sostenida y consistente. Estos son dos virtudes que aprecio, pero dos que se me han evadidos ya por décadas. Si yo espero que otros sean así, tengo que estar dispuesto a ser el primero mostrar la misma característica. De manera que esto es mi "comienzo", o por lo menos lo que considero ser un comienzo satisfactorio para el lector. Por cierto, no es completa, porque se necesitaría quizá dos tomos o más, pero que lo que sigue en adelante bien puede clasificarse como una breve autobiografía. Mi propósito además de confesar mis fallas, es también avisar a cualquiera que estuviese entreteniendo la idea de enmarañarse en semejante vicios (Dios no quiera), que lo piensen **cinco** veces seriamente y si aun así quieran proceder, que entonces estén dispuestos ser traspasado con dolores incalculables, congojas y tristeza casi insoportable. Ya sabes. 1 Juan 1: 9-10 (RVG-2010) sigue siendo vigente en la vida de los que creen a Dios y su palabra. Dice: "Si confesamos nuestro pecados, Él es fiel y justo para perdonar nuestros pecados, y limpiarnos de toda maldad. Si decimos que no hemos pecado, le hacemos a Él mentiroso, y su palabra no está en nosotros." Amén y amén.

Permítame dirigir la atención del lector al diccionario de Webster y como defina la palabra siguiente: *Asediar: verbo transitivo. 1. Asegurar o atar, como con ornamentos. 2. Molestar, atacar<la inflación ataca la economía> 3a. Hostigar: acometer.* (Itálicos son míos) www.merriam-webster.com

La definición que mejor me describe sería número 2 y 3. ¿Por qué? Porque para decirlo sencillamente, ***He permitido la lujuria, la lascivia y la concupiscencia apoderarse sobre mi*** desde una edad muy temprano, aunque no era tan evidente a nadie en esa época. Nadie me torció el brazo, ni apuntó un revolver a mi cabeza, por decirlo así, ni me obligó a abrazarlo. Fue una senda que yo mismo escogí, lastimosamente. No obstante, cuando en mi ignorancia abrí la puerta a esto, no hubo fin a la ansiedad interior que experimenté. Esto es **el pecado** que durante mi vida natural, espiritual y ministerial me acosó. De igual manera, atacó mis sentidos, asaltó mis morales e hizo naufragar lo que debían ser pensamientos decentes y conducta moral correcta durante mi vida adolecente. Hubo cientos o miles de otros adolescentes que eran de mi edad que *no* escogieron esto como una manera de proceder. Pero tampoco quiero darles la impresión que fui un pervertido lunático. De lo contrario, los que me conocieron en esos días, me tenían como un joven de buenos modales, obediente y respetuoso a mis mayores de edad y que rara vez que causaba algún problema. Yo simplemente cedía a mis lujurias juveniles en ese tiempo y "las probé", por expresarme de esta forma. Lo que era ese "lo que," bien podía describirse como la 'puerta' a otros pecados, (como se supone que la marihuana es una droga que conduce a otras drogas más adictivas) los cuales me afectaron luego en mi vida. ¿Y qué exactamente era este "lo que"? Era la masturbación, la cual en los años finales de mi adolescencia, picó mi curiosidad acerca de la pornografía. Ésta, quitó mis inhibiciones tocantes el sexo ilícito, como se puede imaginar. El resto, como se dice, es parte de la historia; es **MI** historia, pero confieso que hasta el día de hoy, quedo perplejo del por qué yo permití que toda esta *miseria*, dolor y corrupción me influenciara.

Pensamientos carnales, palabras, hechos, menos aún acciones como estas, nunca cruzaron mi mente cuando yo era un niño de 9 o 10 años. Aun cuando entré en la pubertad a los 11 o 12 años, todavía no tenía ni idea de lo que significaba "los parajitos y las abejas" o mejor dicho, lo que eran los conceptos de sexo. En una familia de cinco muchachas y dos muchachos, eso no era tan fácil, pero así de estrictos, amorosos y cuidadosos fueron mis padres con nosotros para asegurarse que ningún conocimiento carnal afectara a sus hijos hasta que ellos sintiesen que era el tiempo apropiado. Claro está, que casi todos los adolescentes jóvenes se enteran de reticencias sexuales de fuentes indoctas, descalificadas y a veces ignorantes, como hermanos mayores, amigos mejores o aun los enemigos de uno en una pelea o algo de esta índole. Hablando de mi experiencia, yo sé que escuché decir algunas expresiones que jamás nunca en mis sueños más salvajes y perversos yo hubiera hecho. Estas son las edades en que muchos niños son protegidos de influencias salaces debido a que existe un capullo paternal que los rodea. Por lo general, los padres responsables, hacen un intento extremado para proteger sus niños de aprender estas realidades demasiado temprano. Por supuesto, es la opinión del escritor que asimismo debe ser la cosa, porque un niño debe tener tiempo para experimentar cosas de niños. Si se sigue bien el plan natural de Dios, habrá tiempo suficiente para aprender de la vida para los hijos adolescentes y hablando generalmente, ese conocimiento debe ser impartido por los mismos padres, aunque a veces puede haber excepciones. Al mismo tiempo, la mayoría de los padres también saben que esta ideología no siempre funciona. Para algunos hijos inocentes, solo es cuestión de tiempo antes que ellos sean afectados por las influencias sexuales, sean positivas o negativas. Entonces, los padres lógicamente tratan de instruir adecuadamente a sus hijos para que adquieran un conocimiento y una experiencia sana y positiva cuando la hora apropiada llegue.

Mi padre y madre comenzaron a tener problemas matrimoniales cuando todos éramos relativamente jóvenes y cuando yo tenía como once años. Se nos dijo (me refiero a mi hermano menor, mi hermana menor, la del medio y la mayor de edad y yo) que íbamos ser traslado al estado de Alabama, la ciudad de Birmingham, para vivir con un tío de parte de mi madre. Como puedes imaginar, esta noticia era devastadora para nosotros los chichos, porque de verdad, *de verdad*, no queríamos dejar a "Mami", como siempre la llamábamos cariñosamente. Pero, a esa edad, ¿que dicho teníamos en el asunto? "Era para lo mejor' y es solo por un tiempito", se nos dijo. "No se preocupen. Van a salir bien." Algo así es lo que recuerdo que me dijeron, si mi mente no me falla. De manera que eso es lo que nos pasó. Años más tarde, supimos que Mami estaba enferma con un cáncer llamado Lupus, lo cual no era fácilmente diagnosticado en la década de los sesentas. Después de mal diagnosticada muchas veces, a mami la llevaron a un doctor Judío especializado en detectar esta clase de cáncer, en Cleveland, Ohio. Luego, ella fue puesta en un programa de tratamiento junto con drogas prescitas. Mientras tanto, después de estar en Alabama como por tres años, fuimos traslados aun una vez más. Fuimos a vivir con una tía y un tío muy queridos (de parte de mi padre) en Ohio, mientras Mami trataba de recuperar de su enfermedad. Ver a mi madre otra vez fue para mí, uno de los momentos más gratos y emocionantes de mi vida. Nos abrazó y nos besó y todos llorábamos mucho. Luego, cuando nuestra abuela (quien también vivió en Shaker Heights, Ohio) nos dijo que Mami no estaba mejorando en sus tratamientos y quizá no iba a sobrevivir, esa noticia nos tocó hasta el fondo de nuestro interior. Al visitar mi mamá en un hospital, me trajo memorias de cuando ella (y mi papá en tiempos pasados, antes que los dos se separaran y se divorciaran) me visitó en un hospital cuando aún vivíamos en Massachusetts. Caí enfermo con meningitis y por poco muero, pero después de quedar dos semanas allí, ellos lo curaron y regresé a la casa con mis padres. Ahora, al verla allí nos hizo tanto más triste. Francamente, no entendíamos todo lo que estaban pasando ahí. Solo sabía que yo quería mi mamá devuelta a mí, sana, pero estaba impotente para cambiar las cosas. Lamentablemente, sucumbió al cáncer de Lupus. Esa noticia devastó a todo el mundo. Aun mi papá, a quien yo nunca había visto llorar, ese día, si lloró. El servicio fúnebre fue un asunto sobremanera triste y aunque muchas personas ofrecieron sus pesares, no recuerdo ninguno de mis hermanas o hermanos habiendo sido consolados en ese momento, ni años más tarde. En especial, mi abuela sintió amargura porque ella razonó que si mi papá no hubiera traído tanto trauma y dolor a su *única* hija, tal vez no hubiera terminado así de esta forma. Mis primos, hermanas mayores, la del medio y mi hermano menor todo fuimos testigos de esto y nos afectó a todos en diferentes maneras. Como un año después de esto, a la edad de 14, de alguna forma y manera y lugar y en mis momentos de curiosidad es cuando aprendí a masturbar, intentándolo por primera vez en el sótano de la casa de mi tía. Me asustó extremadamente que yo hiciera tal cosa (habiendo sido expuesto a las enseñanzas católicas hasta ese punto, las cuales no aprobaron tal conducta, ni otras religiones hasta donde yo sepa) y a la vez, me causó estimulación. No volví a repetir ese proceder hasta años más tarde, estando nuevamente trasladado a Massachusetts, pero inadvertidamente abrí la puerta a estas influencias carnales, las cuales me afectaron por años venideros. Es por eso que escondí estas cosas, sabiendo la vergüenza que me causarían si alguien averiguara. Mi primo mayor (en Ohio) se dio cuenta que yo había hecho esto, pero no lo pensó una gran cosa. De hecho, se echó a reír cuando lo supo. Eso, me alivió un poco, pero nunca se apaciguó mi vergüenza porque yo sabía en mi corazón que yo no debía estar haciendo estas cosas, porque de otra manera, ¿Por qué esconderlas?

Eventualmente, mi papá encontró empleo en la industria de transportación como un camionero de "18 llantas", como se acostumbraba apodar estos hombres y mujeres en ese tiempo. Un verano, papá anunció que iba llevarme (su hijo mayor) consigo. Debido a que mi hermano menor no tenía suficiente edad para ayudar en las tareas de un camionero. Supongo que por esa razón, decidió no llevarle en esa ocasión en particular. Para decir la verdad, yo estaba entusiasmado sabiendo que iba alejarme de Cleveland e ir con él, aunque no sabía cómo serían mis sentimientos

Mi Querida Mamá cuando estaba joven. Que bella, ¿verdad?

Mi Amado Papá cuando estaba joven. Mi mamá
nos decía que le encontró guapo.

hacia Él desde que mi mamá había fallecido. En todo caso, nada podía hacer yo al contrario. Pues, llegó el verano y como se dijo, mi papá llegó con su camión grande, lo cual llevado un rótulo que se leía 'Mayflower' por todos los lados. Yo pensé: "¿Y por qué tiene un cuadro de un barco pintado en el lado del camión? No teniendo ni una idea que el cuadro pintado era una representación de una época de América en sus etapas principiantes y los barcos eran el modo más popular de atravesar los océanos y mares en aquel tiempo. Pero durante el tiempo que compartí con mi papá, aprendí eso y mucho más. No recuerdo de haber trabajado tanto, como cuando estaba con él. Mi papá me dijo que yo era lo que él llamaba "labor gratis" porque yo era su hijo y por tanto, no me tenía que pagar. (Quizá hoy en días lo llamarían abuso de niños.) ¿Ves esas ropas que tienes puestas me preguntó? "Si papá", le contesté. Mensualmente, yo envió dinero a tu tía para ti, tu hermano y hermana para que compraran todo lo que ustedes necesitaran. ¿Si me entiendes? "Si, si", le respondí, aunque no le entendía, pero me daba miedo para decirlo. Mi papá podía ser muy intimidante a veces, especialmente si uno estaba solo con él. No lo hacía a propósito, sino que era un hombre muy "impulsado", por decirlo así, y me parecía como que quería probar algo. Supongo que tal vez era para demonstrar a mi abuela que sí, de veras podía cuidar a todos sus hijos, aun confrontando el fallecimiento de mi madre. Me parece que ella le retó de estas amenazas y esto a su vez, le condujo a probar que con un buen empleo que le pagara lo suficiente y buena disposición de laborar fuerte, él sí, podía cuidarnos a todos. No obstante y para ser justo, mi papá me dio como $90 dólares, aunque no recuerdo si fue cada mes o por los tres meses combinados que estuve con él en su trabajo de camionero. En ese tiempo, esa cantidad era mucha para mí. Me dijo que yo debiera usarlo para el venidero año escolar. No fue una experiencia tan mala, después de todo. Es más, fuimos a pescar. Eso también fue cuando mi papá vio a una culebra mocasín de agua mientras cruzado el lago donde estábamos pescando con mucha facilidad. Con su dedo me llamó la atención diciendo: "¡Mire, mire, Michael!" Nadó hasta la ribera a la izquierda de nosotros, como una distancia de 20 yardas y culebreó fuera de nuestra vista. Admito que sentí seguro con la presencia de mi papá allí conmigo en ese momento y deseaba que pudiéramos tener más momentos como estos. En mi mente pequeña, yo sabía que tener tiempos así como familia era una cosa buena. Por eso era difícil para mí entender por qué esto de estar junto siempre no podía hacerse permanentemente.

Como continuábamos nuestros viajes, fui introducido a algo que yo sé ahora no era bueno para un joven experimentar. Eso era el racismo. Ni mi papá, ni yo esperábamos que aconteciera como sucedió. Mientras hacíamos una entrega en Meridian, Mississippi, me supongo que algunos hombres allá no gustaron el color de nuestra piel y mientras dormíamos, uno de ellos se metió debajo del tractor y partieron las mangas de los frenos debajo de la cabina, sabiendo que por la mañana, íbamos a transitar un precipicio muy inclinado. Sabían que una vez que comenzáramos hacia abajo el ladero del monte, no íbamos a poder recobrar el tractor ni el camión y nos hubiéramos matado. Gracias a Dios, mi papá se dio cuenta del problema antes en entrar en el ladero porque de costumbre, él siempre verificaba las funciones mecánicas de su tractor diariamente. Aprendí en esa época que uno no podía confiar en todos los hombres blancos, y mi papá no confiaba en *ninguno* de ellos, o tal me parecía ser así en ese tiempo.

Desafortunadamente, esto era cuando (y yo no sé por qué) comencé a permitir que mis lujurias me controlaran más y más. Llegué a masturbarme habitualmente durante ese verano.

Mi papá dormía en la cabina del tractor y me dijo que yo fuera atrás y durmiera en una camita sobre unas cubiertas que se usaban para cubrir los muebles y otros artículos en el tráiler. Esto ocurría más a los finales de la jornada, y no al principio, pero no importando cuando fue, yo Ignorantemente, abrí una puerta a una conducta que tomaría años para cerrar completamente. Dicen que "la opinión de la obra después de hacerla" siempre es la que tiene la vista perfecta; pero es verdad que si yo hubiera sabido que este pecado iba ser tan invasivo, jamás lo hubiera entretenido. Esa declaración no quiere decir mucho porque todos los que están sorprendidos en un acto vergonzoso o prohibido dicen eso. Sin embargo, no puedo enfatizar lo suficiente, que sentido y arrepentido estoy sobre el hecho de haber permitido esto afectarme por décadas.

Aquí quisiera decir entre paréntesis que he sido bendecido para poder trabajar en una variedad de empleos a través de los años. No obstante, cuando obtuve mi maestría en trabajo social con una especialidad en consejería para alcohólicos y drogadictos, (y he trabajado con otras poblaciones también) me dio una perspectiva única tocante los que están enmarañado en las adicciones, sin importar cuales sean. Uno podía observar el lado práctico y espiritual. ¿Por qué es importante eso? Porque yo también tenía una adicción. Para mí, no era difícil comprenderlos a ellos, porque como dice el refrán: "Pare entenderles, uno tiene que ser uno de ellos." Aunque la adicción sea diferente, la pauta de decepción, manipulación, exasperación, y desesperación muchas veces parecen ser igual. Sin embargo, no hay un sentir mejor como el que se siente cuando un corazón quebrado ha sido sanado, cuando a un niño se le restaura su sonrisa, o cuando una terapia ha sido de ayuda para un cliente tuyo y su perspectiva acerca de la vida, o cuando él o ella han continuado en sobriedad o autonomía sobre algún vicio o adicción que por muchos años los tenía esclavizados. Dependiendo la especialidad que uno ejerce, es muy probable que *no* halle familias rotas o disfuncionales que no necesiten consejería. Más probable que no, dentro de aquellas familias se encuentran padres adoloridos o disfuncionales quienes a su vez, crían y a veces abusan sus hijos. Claro, se da por entendido que el niño no tiene culpa por haber surgido estas cosas. Volvamos ahora a mi historia.

Nuevamente declara Hebreos 12: 1: (RVG-2010) "…y el pecado que nos asedia…" Mis luchas en vencer la pornografía se suma perfectamente con esta frase. Todo fue normal cuando regresé a Ohio y matriculé en la escuela segundaria. Nada aconteció durante los años de 14 a 17. La interacción entre mis compañeros estudiantes fue regular y todo lo que se espera de muchachos de esa edad. La escuela en ese tiempo tenía por nombre, Cleveland Central Catholic, en el inglés. Fue allí donde desarrollé mi atracción a la música, la cual mi papá había animado en mis hermanos y yo, cuando éramos solo niños de más o menos 10 años. Mi bella tía, tío estricto y primos traviesos dejaron en mí una impresión indeleble, positiva en su mayor parte. Después de todo, quienes estaban viviendo allí éramos nosotros con ellos, y eran ellos que estaban haciéndonos el favor de darnos refugio. Con el correr del tiempo, mi papá se casó de nuevo. Eventualmente y se compró una casa grande de 13 cuartos en Massachusetts y mandó a buscar todos nosotros. No fue fácil para nosotros adaptarnos a su nueva esposa, aunque no era una persona mala, sino que en la mente de la mayoría de los niños y adolescentes, nadie puede tomar el lugar de sus madres naturales. Desde ese tiempo hasta el día de mi graduación, yo asistí a dos escuelas superiores; pero en los últimos dos años, la escuela donde asistí se

Foto familia con Abuela (ya difunta) con ella tenía (98 años; ella vivió
hasta tener 103 años). SSG Wright estaba allende los mares cuando la
foto fue tomada. Derecha a izquierda-(arriba) Davette, Dana, Lois y
Lori (Abajo) Stephanie, ABUELA, Tommy, y mi sobrino, Davíd.

llamaba Commerce. ¿Fiesta celebrando el día de mi graduación? Nunca lo celebré, pero era porque no tenía una novia y no lo vi como una cosa tan importante. Pero si, llevaba un poquito de tristeza adentro. Por otra parte, yo tenía un buen amigo que llevaba el apodo el "Butchy." Él y yo éramos prácticamente inseparable en aquellos días. Mi papá me enseñó las cosas normales que los muchachos adolescentes deben aprender, tal como arreglar un automóvil Chevy '67 y no tomar mucha bebida, pero temas sexuales nunca mencionó. De manera que lo que aprendí, venia de fuentes desconfiables, cuentos exagerados de muchachos que jactaron durante el receso y amonestaciones de parte de mis hermanas mayores de lo que no debo hacer nunca. Ya en este tiempo, mis hermanas mayores se habían ido de la casa y tenían sus maridos o estaban conviviendo con sus novios. Mi relación con mi papá estaba degenerándose un poco. Recuerdo una vez cuando él quería que yo le ayudara con un carro que estaba arreglando, pero yo no quería porque mi amigo Butchy y yo queríamos salir. Mi Papá gritó mi nombre varias veces pero no me halló porque me hacia el sordo y me escondí en el garaje, (a propósito mío). Cuando por fin, le mostré mi cara, estaba tan enojado como para ser amarrado y para completar, yo le respondí de forma medio altanero y en seguido me dio un puño que me tumbó al suelo. No me atreví ni levantarme de allí. Me dijo con una voz amenazante y con sus puños listos que, si yo jamás volvía a hacer una cosa así, me daría una clase de puñetazo tan duro que me mandaría a la semana que viene, estando yo en ésta y déjeme decirte, que sí lo hubiera hecho. Ese incidente era algo que me abrió los ojos. En ese verano, pedí a mi papá que me mandara al colegio porque yo vi que mis hermanas mayores todas asistieron. Me dijo que no podía ayudarme porque no tenía el dinero para hacerlo, pero me sugirió que alistara en la vida militar, como una manera buena de obtener oportunidad de ir al colegio. Puesto que se estaba notando más y más tirantez en nuestra relación pensé que quizá, era una buena idea. Irónicamente, Butchy tampoco estaba teniendo muy buenas relaciones con sus padres y cuando le conté lo que mi papá me sugirió, me dijo que su "viejo" le había dicho prácticamente lo mismo. Pues, como suelen hacer los muchachos adolescentes, hicimos un pacto entre nosotros para irnos juntos a la vida militar (La Fuerza Aérea) por medio de un programa que ellos llamaron 'alistamiento demorado'. De esta manera, nos dio tiempo para poner los últimos asuntos en orden y la Fuerza Aérea nos dio la aprobación de alistarnos juntos como

Aviador Básico Wright graduándose del entrenamiento básico
en el 1973. (3ra fila arriba, el octavo aviador a la derecha).

compinches. Como puedes imaginarse, mi papá estaba contento con la idea y me dijo que eso me haría más hombre. En realidad, tenía razón pero en ese tiempo, ¿Quién sabia?

Créalo o no, cuando por fin el tiempo llegó para nosotros alistarnos, Butchy se acobardó y yo me encontré solo en San Antonio, Texas pasando por el entrenamiento básico. Los sargentos gritaban y te decían nombres que uno jamás había escuchado, te traía a la realidad rápidamente, de modo que no había mucho tiempo para uno ser melancólico. Nuevas amistades se hacían y nuevas aventuras me esperaban. Aún más notable, ahora sin las restricciones de papá, yo podía hacer lo que antes no me dejaba hacer. Sin duda, creo que la mayoría de los jóvenes adultos sienten lo mismo. El problema es que no tenemos ni siquiera una idea menor de lo que realmente nos espera y pensamos equivocadamente que conocemos mejor que nuestros padres lo que hay que hacer aunque fueron ellos quienes trazaron el camino para nosotros. La inmadurez y el mal agradecimiento frecuentemente son las razones por tales actitudes, pero la realidad de la vida contiene sorpresas y situaciones que un juvenil o joven desconoce al principio. Para ser claro, yo no estaba planeado ninguna cosa mala o depravada meramente porque estaba fuera de la vista de mi papá, pero más bien gozar de la libertad de mi adultez. Estaba orgulloso de algunas de las cosas que yo había logrado mientras todavía estaba en la escuela superior, tal como mantenerme un trabajo fijo y sacar buenas notas escolares. Pagaba por mis propias lecciones de piano y aprendí como leer las notas musicales correctamente, aunque más tarde, me di cuenta que uno debe practicar constantemente para desarrollar bien esa pericia. Sin embargo, el trabajo que yo mantuve en la empresa de Spaulding en Chicopee, MA, me hizo ver que el ser un trabajador de línea (como eran muchos inmigrantes de Polonia, Jamaica, Portugal y otros países) no era 'taza de té', como se expresan los Británicos. La monotonía dc hacer lo mismo día tras día por los próximos 20 o 30 años me hubiera vuelto loco y lo más probable hubiera sido que yo terminara dándome de baja del trabajo, de toda manera. Así que era para lo mejor que las cosas iban formándose como sucedían.

Una de las cosas que hice cuando llegué a mi primer estacionamiento permanente y supe que tendría un salario fijo fue comprar un automóvil nuevo. Yo pensé: "¿No es esto una señal de que yo soy independiente?" Además, participé en clases de karate, aprendí a tomar y escuché más malas palabras que jamás en mi vida había oído. Aunque parece extraño, yo nunca me gustó oír las maldiciones, ni las palabrotas vulgares ni usar el nombre de Dios en vano. Me supongo que algo del entrenamiento religioso quedó pegado adentro de mí. No es que yo era un santo (solo un monaguillo por un tiempo corto e inclinaciones hacia el sacerdocio; pero eso no cualifica) Siempre tenía un respeto saludable para el Ser Supremo, aunque no le conocía durante ese tiempo. Desafortunadamente, esto fue el tiempo en mi vida que abrí la puerta a la lujuria, pensamientos lascivos y relaciones ilícitas, y esa puerta se abrió más anchamente. Todos mis amigos estaban con sus novias, jactándose de sus hazañas y yo no quería ser aquel que era el raro, si me entiendes. Por lo tanto, a los hombres jóvenes cuyas libidos estaban fuera de control, siempre estaba disponible el sexo ilícito, la pornografía y exposiciones secretas para ver desnudez. El predicador más grande que he conocido en mi vida (y todavía lo es en el día de hoy) es mi conciencia. Por más que intenté dar la apariencia de hacerme el grande, duro o 'inteligente', mi conciencia nunca fue engañada y muchas veces me lo dijo. Solo era que yo la traté de ignorar y cuando lo logré, (por lo menos por un tiempo corto) terminé sintiéndome tan vacío después de tener relaciones sexuales ilícitas, que intenté suicidarme. Me tragué una botella llena de aspirinas, y apagué las luces de mi cuarto en las barracas (en Albuquerque, Nuevo México) esperando que mi vida terminara. Todo esto, antes de cumplir 21 años, para que sepas. Hasta en día de hoy, no puedo decirte porque no sufrí los efectos de ese intento o ni aun tenía que tener mi estómago vaciado por una pompa, ni porque no me tenían que llevar al hospital de emergencia porque verdaderamente no esperaba despertar al otro día. Puesto que ninguna de esas cosas me sucedieron, mi perspectiva o punta de vista tocante la vida cambió y yo pensé entre mí: "Bueno, ya que el suicido no era exitoso, quizá haya una razón que yo esté aquí, de manera que ¡'Tenga cuidado mundo, porque aquí vengo yo!"

No mucho tiempo después de esto, recibí órdenes para ir al paraíso, no el celestial, sino el que está aquí donde si uno no tiene la salvación, este lugar es lo más cerca que uno va llegar—y esto es, Hawái. Al bajarme del avión, el olor de piñas atacó mi sentido de olfato. No podía creer que clase de suerte me tocó al llegar a un lugar como este. Muchachas bonitas nos esperaban a poca distancia del avión y nos pusieron un arreglo circular de flores en el cuello. "Wow", yo pensé. Nunca soñé ni en un millón de años que yo alcanzaría a ver ningún lugar fuera de Massachusetts. Pero cuando contemplé bien, ya yo había vivido en Alabama, entonces, Cleveland y luego viajé a casi todos los estados con mi papá como un joven y ahora, regresé a Massachusetts y de allí enganché al servicio militar. Ahora con mí llegada a Oahu, Hawái, me parecía como que estaba siendo preparado para hacer un viajero mundial. Poco sabía yo que profético eran esos pensamientos y como Dios me estaba preparando para el viaje más grande de mi vida, lo cual irónicamente era también lo más corto. Una distancia de solo doce pulgadas.

Retuve mi AFSC (Pericia Codificada de la Fuerza Aérea) como un policía de seguridad cuando llegué a Hawái, pero eso había de cambiarse más tarde al de un chofer de camiones y despachador de vehículos. Me sentí bien al acomodarme a la nueva rutina ya siendo estacionado a la base de la Fuerza Aérea de Hickam, Hawái. Siento que debo insertar aquí una de las experiencias más notables como un policía de seguridad en el parámetro de la pista de vuelo. Era ver un piloto del avión U-2 (avión de espíar, popular en la década de los 60s) abortar su intento de despegar su avión. Hasta este día, no te puedo decir exactamente lo que pasó, pero nunca en mi vida había visto u oí tantos vehículos policiales y sirenas sonándose en cuestión de segundos. El piloto saltó de su carlinga y corrió hasta llegar al lado de la pista. Personas técnicas aparecieron en lo que me parecía era menos de un minuto. Obviamente, hubo algún problema. Después de cómo una hora más o menos, parece que arreglaron el problema y el piloto comenzó su despegue nuevamente. Después de utilizar muy poco de la pista, él literalmente ascendió hacia arriba y subía hasta las hermosas nubes hawaianas y más allá de ellas luego desapareció de mi vista. "Válgame", yo pensé. Que contento estaba yo de haber visto y atestiguado ese evento. ¿Quién me iba creer si yo fuera a contar esto a alguien? "Nadie", pensé de nuevo. Pero de veras aconteció, de manera que estoy satisfecho que pasó y Dios es mi testigo.

Volviendo a mi historia, con el marchar del tiempo, no se tardó mucho antes que esas oportunidades previamente mencionadas empezaron a levantar sus cabezas "atractivas" en la forma de muchachas hermosas hawaianas y asiáticas. Probablemente no requiere mucha imaginación para descifrar lo que sucedió después. En una de estas ocasiones, mi novia Hawaiana "fue negligente" en decirme que ella tenía también otro novio además de mí. Pues, en la mañana siguiente era mi sorpresa, (y la suya también) verle entrar en el apartamento.

Después de una discusión caliente entre él y ella en el cuarto adyacente, ella me dijo que yo tenía que irme. Resentido que fuera yo que tenía que irme, fui donde estaba una chaqueta en el sofá (él estaba sentado un poco encima de ella pero no lo sabía) y la arranqué de allí, fijándome la vista en él como solo los hombres (o tontos) hacen el uno al otro. Él por igual me miró pero la distancia corta del sofá hasta la puerta era la más larga de mi vida, especialmente puesto que sentí como que tenía una pistola debajo su camisa. Qué curioso es que no oramos hasta que no vemos en aprietos que nos obligan hacerlo, pero silenciosamente oré: "Señor, si tú me dejas salir bien de este lio, nunca volveré hacer una cosa así jamás." Y si, lo hizo y cumplí mi parte de mi plegaria—hasta que una de las secretarias que trabajaban conmigo en la oficina me introdujo a otra muchacha allí en la base. Un resultado diferente y más placentero sucedió, pero luego los mismos sentimientos de vaciedad me tomaron y un presentimiento pesado que lo que estaba haciendo me estaba conduciendo por una senda equivocada en la cual, si yo continuara, posiblemente perdería mi vida o peor aún, mi alma. Pensamientos nefastos para un joven de 20 años.

Una fascinante noche hawaiana, mientras yo estaba en las barracas de las muchachas, (donde no debía haber estado de un principio) se aproximaba a hora de yo reportar al tercer turno de trabajo que me tocaba, (3er turno de 11pm a 7am). Cuando me despedí de la muchacha y comencé caminar hacia mi trabajo, algo raro empezó acontecer delante de mis ojos. Se apareció arriba esta nube blanca y plumosa que me dio el presentir que me seguía, si tal cosa era posible. Vi que la nube se transformaba en forma de mi frente, nariz, ojos, mejilla y aun el afrito que no tenía en ese tiempo. Las lágrimas comenzaron a caerse de mis ojos y dije en voz alta: "¡Ese soy yo! ¡Ese soy yo! Repetía lo mismo mientras iba lentamente al parámetro de la línea de vuelos donde me tocaba hacer mi turno. La nube quedó arriba por lo menos unos 10 minutos, más o menos y entonces, empezó a disiparse poco a poco. Estando muy emocional y dudando lo que significaba esto, un camión lleno de mis compañeros aviadores por casualidad me acercó y me ofrecieron un paseo a las barracas para que yo me preparara y cambiara mis ropas y llegara a tiempo al turno mío. Acepté, pero cuando monté en el asiento del frente con ellos, todos parecían darse cuenta que yo había estado llorando o por lo menos, emocional. "¿Hombre, qué te pasa? "Nada", dije mintiendo." Pero supieron que algo me sucedía, aunque no me siguieron cuestionando. Estaba bien inquieto durante la noche de mi turno. Cuando lo terminé, fui en seguida a mi cuarto a zahoriar todo el día lo que me había acontecido. Este sentimiento incesante no me dejaba quieto y dentro de mi interior, algo comenzó a transformarse. ¿Cómo lo supe? Porque para ninguna razón aparente esperé hasta la medianoche y mirando a la izquierda y al derecho, como un ladrón que está al punto de hacer su latrocinio, caminé calladamente hasta la esquina del edificio donde había un recipiente grande de basura. Alcé la tapa y sacando toda la otra basura adentro, coloqué al fondo del recipiente todas mis revistas inmorales de Playboy, Hustler y varias otras que tenía en mi posesión como puedes imaginar, con el fin de que otra persona jamás las pudiera ver (excepto quizá el basurero). De igual manera hice esto a mis aparatitos de marihuana. (Durante la época de los 70s, pagábamos mucho dinero para comprar esas pipas de marihuana, hachís, tubos y etc.) Además de esto, empecé a leer 21 capítulos de la Biblia cada noche, comenzando con Génesis hasta Apocalipsis y hasta este día, yo nunca supe porque escogí 21 capítulos en vez de 3 o 10, digamos. Ahora bien, ¿Dígame usted si algo no me estaba sucediendo o no? Recuerde que hasta ese momento ni hombre ninguno ni evangelista alguno, se había acercado a mí para hablarme palabra alguna acerca de Jesús, Dios o cualquier otro tema. Lo único que recordé que posiblemente haya sido un instigador a los eventos antecedentes era la misma noche anterior; Me explico. Salí a la pista de carrera donde solíamos hacer nuestro entrenamiento físico y carrera acostumbrada de una milla y media. Era una noche bella hawaiana, como suelen ser casi todas de toda forma. Después de sentarme en las bancas como por una media hora, miré hacia arriaba y pregunté a Dios: "¿Y esto, es todo lo que hay?" (refiriéndome a la vida misma). Por supuesto, no me contestó, PERO me supongo que me oyó. ¿Cómo lo supe? Porque no mucho después de esta oración, las cosas que estoy describiendo a usted comenzaron a acontecerme. Debo mencionar también que yo estaba participando activamente en el fumar de marihuana. Un día, después del trabajo, fui al cuarto del que nos invitó y tuve una experiencia que puede describirse como una visión momentánea que realmente me asustó "en extremo". ¿Cómo? Bien, no me pregunten si era la clase de marihuana, mezclada con otros elementos. No, no creo que era por esto. De todas maneras, mientras yo me sentaba en una silla, después de inhalar largamente del cigarro de marihuana, me encontré repentinamente y literalmente "en el infierno". Allí vi figuras tan lejos que pudiera llegar mi vista, que podía más bien describirse como una caverna inmensa, en densa oscuridad y lo único que les alumbraba era el fuego que salía de sus cuerpos. Escuché tales gritos que jamás había escuchado en mi vida y suplico a Dios que nunca más vuelva a oírlos. Había literalmente millones y millones de gente allí y no había forma para ellas escaparse. Comencé a gritar. "¡Ayy, sáqueme de aquí! ¡Sáqueme de aquí! Y así de ligero, fui regresado al cuarto donde yo estaba, todavía lleno del humo de marihuana.

La única diferencia era que todo el mundo en el cuarto ya me estaba mirando asombrosamente, pensando qué diablo me estaba pasando. Viendo el infierno era lo que me hizo gritar. Tómelo por lo que vale, pero eso era algo que **NUNCA JAMÁS** quiero experimentar. De toda forma, me sentí muy avergonzado (otra vez) y rápidamente me excusé y fui en seguida a mi cuarto. Este evento y las otras experiencias ya mencionadas contribuyeron a la idea de que "algo" de verdad me estaba pasando o estaba volviéndome loco.

Finalmente, en una hora ya de madrugada y después de acabar de leer la Biblia desde Génesis hasta Apocalipsis, la cerré y acordé en mi corazón que lo que estaba escrito en esas páginas era la verdad, aunque no la entendía completamente. No quise molestar a mi compañero de cuarto en la litera arriba del mío, pues pasé calladamente al medio-baño y me paré frente al espejo sobre el fregadero de lava mano. Me estiré fuertemente, y justo al relajar del estirón que di, perdí la conciencia. Ahora bien, cuando primero entré al baño, el reloj junto a mi cama marcaba 3 am. No te puedo decir donde fui llevado ni que aconteció, excepto agregar que al fin de la experiencia, me parecía como que una mano gigante alzó la porción de mi ser, el alma y me llevó hasta donde se alineó con mi cuerpo (lo cual estaba yaciendo postrado en el suelo, junto a mi litera) y semejante a una madre gata que lleve sus gatitos en su boca, esta mano gigante me agarró en la parte trasera de mi cuello y dejó caer mi alma, la cual descendió lentamente hasta que volvió a unirse con mi cuerpo, si puedes imaginar tal cosa suceder. Abrí mis ojos tan anchos como platillos y miré arriba, abajo y por dondequiera. Decir que yo era tremendamente chocado por la experiencia era hacer una declaración modesta, sin embargo guardé mi control mental lo suficiente para no despertar a mi compañero de cuarto. Me arrastré a mi cama y ahí, cerré mis ojos. Me sobrevino tal sentimiento de pavor y desesperanza que ni aun podía formar las palabras adecuadas para hablar. Sentí como que estaba literalmente colgándome sobre los abismos del infierno y ya no había esperanza. Lo único que comencé a decir en mi mente era: "Perdóneme. Perdóneme. Discúlpeme, porque me pesa." Aunque nunca mencioné el nombre de Dios o Jesús, mi Dios y mi Salvador, sabía que todo este remordimiento fue dirigido a él, o sea a Dios el Padre y Jesús, el Hijo. Yo igualmente supe interiormente que yo le había ofendido y solamente él, podía perdonarme todos los pecados que yo había cometido hasta ese punto de mi vida, y por los cuales yo me arrepentía. Para mí, es por eso que las lágrimas cayeron en abundancia. Pronto empecé a verbalizar esta expresión, mezclado con lágrimas. Por más que intenté guardar silencio, ya no era posible actualmente y en alta voz comencé a llorar y sollozar como un bebé. No lo pude evitar. Supe que desperté a mi compañero de cuarto porque lo vi con el rabo del ojo cuando se movió y miró abajo hacia mí desde su cama arriba. Más tarde me sobrevino una clase de calentura que jamás he sentido en mi vida. Era como hubiera entrado desde la coronilla de mi cabeza hasta la planta de mis pies. ¡Es difícil explicarlo, pero en ese instante, yo supe que fui perdonado de todos mis pecados cometidos durante toda mi vida! Verdaderamente era como las escrituras dicen en Filipenses 4:7 (RVG-2010) *"Y la paz de Dios que sobrepasa todo entendimiento guardara vuestros corazones y vuestras mentes en Cristo Jesús."* De veras yo no entendía la paz que invadía mi alma pero estaba muy contento que estaba allí. Era más precioso que cualquiera cosa material y no lo cambiaría por nada en este mundo en aquel tiempo, ni ahora.

¡Subitáneamente, me invadió un conocimiento de que yo era salvado! ¡No lo podía explicar, pero sabía que realmente, pero **realmente** salvado! Esto era el VIAJE que Dios quería que yo emprendiera todos estos años y no era con mi padre terrenal, sino mi padre celestial, pero yo era muy necio para entenderlo. Nunca me costó dinero o una coordinación planeada que Él ya no lo había anticipado de antemano. Lo único que me costó era mi tiempo y una confesión sincera y de mi corazón, la cual hice de toda voluntad. Por favor, que el lector comprende que hace tiempo yo había dejado de asistir a la iglesia, obviamente porque mis pecados que estaba cometiendo no eran compatibles con la iglesia. Sería una acción muy hipócrita, portándome como si todo en mi vida estuviera bien. Aunque parece raro, la mayoría de la gente con quien yo platico cuando estoy evangelizando, me dice que no van donde un sacerdote para confesarle, o a un predicador o ministro o pastor (si no son católicos) porque están conscientes que lo que están haciendo está mal. Cuando se les pregunta: "¿Y qué pasaría con usted si fueras a morir de repente? ¿A dónde irías? Sorprendentemente, la mayoría responden que terminarían en el infierno (no el purgatorio) y dicen que saben porque sus consciencias les condenan. Si alguien me hubiera preguntado *antes* de esta experiencia mía, probablemente yo hubiera respondido de la misma forma. Pero después, como que un conocimiento divino invadiera mi ser y me confirmó internamente que todo estaba perdonado. Ahora yo sabía lo que era sentir la convicción del pecado por el Espíritu Santo y al mismo tiempo, ser perdonado de ese pecado. Si usted nunca ha pedido perdón a Dios por tus pecados mediante la sangre preciosa y derramada de su Hijo Jesús, por favor, hágalo hoy mientras todavía hay tiempo. Amén.

Por demás es decir que mi compañero de cuarto estaba curioso en cuanto a que me pasó durante la noche, sin mencionar porque yo le desperté. Traté de explicarle lo mejor que supe hacer tocante lo que me sucedió; pero él no era muy receptivo. Cuando comencé a hablarle de Jesús, Dios, el perdón y lo demás, se enojó y salió enojado del cuarto, tirando la puerta duramente. Eso era mi primer encuentro con resistencia al evangelio. No estaba exactamente seguro de cómo tratar el asunto, pero lo tomé con calma y lo ignoré porque el chamaco era un poco raro de toda forma, pensé yo. La mejor manera a describir las semanas siguientes era como si uno estuviera caminando sobre una nube. No había asistido a una misa por varios años ya, aunque yo era un monaguillo en Ohio, pasé por escuela primaria, segundaria y los primeros años de la escuela superior. No obstante, de repente comencé asistir al programa de la capilla en la base. No había muchas personas en asistencia allí, pero el cura se dio cuenta de la sonrisa que yo siempre tenía en mi rostro. Cuando se paseaba el plato para recolectar la ofrenda, la mayoría de la gente echaba un o dos dólares, pero yo echaba $25 dólares (lo cual era mucho para uno del rango de E-3 en la década de los 70s) y entonces, salía calladamente. No es que hacía falta el dinero para el programa de la capilla, pero un día, el sacerdote católico quien presidió sobre la misa, me vio y se dio cuenta que yo siempre estaba sonriéndome y tenía un buen carácter. Me preguntó si yo quisiera asistir a una reunión carismática que estaba llevando a cabo los miércoles por la noche en otro local diferente. Yo no tenía ni una idea de lo que me estaba hablando y le pregunté que me explicara qué quiso decir eso. Me dijo que la mejor manera de entender lo que quiso decir era asistirme a la reunión. Pues, asimismo hice. Llegado allí, pude conocer a gente que parecía ser muy alegre y entusiasmada acerca de Jesús. Me impresionó una señora hawaiana, quien tenía la voz más calmada y dulce, parecía ser una persona de prominencia en el grupo. Cantaron canciones con una guitarra y aunque un cura diferente se sentó en la parte atrás, no dijo mucho y la gente misma era la que hizo moverse las actividades. Me suponía que él estaba allí más bien para monitorear las actividades en vez de participar en ellas porque me dio la impresión que era un poco incrédulo. El laico (y las mujeres) parecían ser los que dirigían la reunión desde el principio hasta el fin. Por tener esta primera experiencia, estaba agradecido a Dios a medida que iba aprendiendo a caminar con Jesús. Mientras yo continuaba asistiendo a esas reuniones, una noche en particular, la misma señora que dirigía los servicios me preguntó ¿si yo hablaba en lenguas, y si no, si yo quería hablar en lenguas? Pensando que ella me quiso decir si yo sabía otro idioma, afirmé que yo conversaba bastante bien en español. Al responder así, la mayoría de los que estaban allí, se rieron a carcajadas, lo cual me confundió. Amorosamente, ella me explicó que lo que ella quiso decir no era referente a un idioma terrenal, sino celestial. Le dije que no tenía ni idea de lo que significaba eso, pero si aquello era de Dios, yo lo quería. Con ésta, mi respuesta, se formó una fila de todos los que también querían tener la misma experiencia. Cuando por fin, ella me llegó a mí, con delicadeza puso sus manos en mi frente y oró una oración muy dulce a Dios que nunca antes había escuchado. De repente, algo literalmente tomó control de mi lengua, y de mi garganta salió pronunciaciones foráneas, las cuales me asustaron tanto, que en seguida abrí mis ojos. Ella, con amor, me aseguró que yo no tenía que temer lo que estaba pasando, porque esta experiencia era la llenura del Espíritu Santo y me instó a que cerrara mis ojos de nuevo y gozara la experiencia y dejara que Dios completara su obra en mí, lo cual hice. No puedo recordar cuantos en la fila recibieron el "bautismo" en el Espíritu Santo o si su experiencia era genuina o no, pero yo sé que la mía sí era y todavía es hasta este día. Soy agradecido que aquella hermana Cristiana se dejó guiar por Dios para traer esa experiencia maravillosa a mí. Hablé (y todavía hablo) en un lenguaje desconocido para la gloria de Dios. Más importante aún, es la motivación del Espíritu Santo que me insta a tratar ganar almas para Cristo, cada vez que se me presente una oportunidad. Ser un testigo en "Jerusalén, Judea y Samaria", por decirlo así. En otras palabras, dondequiera en el mundo que Dios me dirigiese. Quizá algunos digan que esta experiencia era del diablo, refiriéndose al hablar en lenguas. A tal alegación, dirigiría al lector a la palabra de Dios, preguntando simplemente: ¿Da gloria el diablo al nombre de Jesús y le alaba? ¿No son los dos diametralmente opuesto? ¿Cómo puede una fuente producir agua dulce y salada a la misma vez, y aun si lo fuera hacer, no sería la tendencia natural vomitarla enseguida? Santiago 3:11 (RVG-2010). ¿Si el hablar en lenguas, lo cual es dado por Dios a los que le pidan, es del Diablo, no hemos atribuido a Dios lo malo? ¿No es arriesgarse ser expuesto al fuego del infierno llamar diabólico lo que Dios ha dicho que es bueno? Lucas 11:13 (RVG-2010). ¿La incredulidad del hombre hace la verdad de Dios ineficaz y nula? ¡En ninguna manera! Antes bien, sea Dios veraz y todo hombre mentiroso…

Romanos 3:4 (RVG-2010). ¿Cómo puede dos andar juntos si no están de acuerdo? Amos 3:3 (RVG-2010) ¿Qué compañerismo tiene la justicia con la injusticia? 2 Corintios 6:14 (RVG-2010). Por lo tanto, yo digo, las lenguas que hablo glorifican solamente al Dios Omnipotente continuamente y no el Diablo. Para mí, se acabó el asunto.

# Capítulo 2

Con el pasar del tiempo, creció mi descontentamiento con mi primera AFSC (pericia codificada de la Fuerza Aérea) y lo hice notorio a mis superiores. Me dijeron que no había manera que yo dejara de ser un policía de seguridad, de manera que mejor me sería contentarme, como se dice. Muchos antes de mi habían intentado salir y casi todos fracasaron, a menos que fuera bajo circunstancias excepcionales. Sin embargo, no podía deshacerme del sentir de que yo debía buscar otro oficio. Pues, como me recuerdo, oré a Dios y pedí su auxilio en este asunto. Fui a los oficiales encargado de la pericia que quería y pregunté ¿si había una vacante para un camionero de vehículos pesados y de larga distancia? Puesto que esto era algo que vi mi papá hacer por muchos años, yo sabía que lo podía hacer igualmente. Me respondieron: "Si, a la verdad, lo necesitamos". "¿Estas interesado?" Claro que sí, les dije y antes que pasaran tres semanas, todos los arreglos fueron hechos y para mi sorpresa, ni mi líder del escuadrón tenía coraje conmigo. (Lo cual, normalmente es el caso porque sería perder una persona clave que no se podía reemplazar tan fácilmente).

Una de las primeras cosas que aprendí como un despachador de vehículos era manejar cuantos vehículos que había en el garaje de vehículos. Para mí, en ese tiempo, era una cosa asombrosa poder lograr, y por tanto, lo hice así. Autobuses, (como estilo de los autobuses turistas de Greyhound en la vida civil) tractores con camiones de 8 y hasta 18 llantas, equipo pesado, pequeños camiones rodados e hidráulicos movibles; si tenía uso, yo lo manejé. Ahora en vez del 3er turno, fui cambiado al 1er turno, lo cual significaba que tenía el resto del día disponible para explorar cosas después del turno. Era durante este turno que conocí a un hombre que se llamó Sansón Ing. Él se dio cuenta de la constante risa en mi rostro y mi actitud amigable. Una de las primeras cosas que me dijo era "Alabado sea el Señor, hermano mío, sin conocer quién era yo. Pues, le extendí mi mano para estrechar la suya. Tan grande era su mano, que la mía apenas se veía en la suya. Me preguntó si yo quería montarme en su autobús mientras recogiera aviadores de la pista de vuelo, lo cual hice. Normalmente, recogeríamos de la pista de vuelo personas de tripulaciones de aviones como los C-141, C-5s y aviones gasolineras y varios otros aviones que eran programados para llegar en ese día. Hermano Sansón (o como yo le llamaba "Sam") me compartió su trasfondo descendiente y de cómo llegó a Oahu, su testimonio cristiano y donde asistía a su iglesia. Sam era un tipo bastante espaldudo y media como 6', 2", pesando como 260 libras y su linaje era de ascendencia China-Hawaiana. Pero también su risa contagiosa desarmaba la tendencia natural de cualquiera de estar en la defensiva y rendía esas defensas inútiles. Pronto nos hallábamos platicando, cambiando cuentos y sencillamente llevándonos bien. Como yo le explicaba lo que era mi tiempo corto en el Señor y lo que entendí ser mis historias de conversión, me invitó asistir a su iglesia y añadió: "Si es la voluntad del Señor que te quedes con la iglesia católica, quedarás, pero si no, saldrás de en medio de ellos, y serás separado y parte de nuestra iglesia. No sabía cómo procesar lo que me dijo porque nadie antes me había invitado a su iglesia. Debo mencionar también que desde que empecé a leer la Biblia, me di cuenta que la Biblia tenía mucha que decir en cuanto a la idolatría, la adoración de las imágenes y el orar a Dios solamente a través de Jesús, sin la necesidad de una intermediaria como María. Todas estas cosas estaban presente cuando iba a la misa y me molestaron al interior pero no tenía con quien compartir mis preocupaciones. En el tiempo que estuve con Sam cuando hacía sus recogidos en la pista de vuelo, me explicó mucho de la falacia, los errores y tergiversaciones de la Biblia que sucedían dentro de la institución católica romana, aunque esos errores no se limitan solamente al catolicismo.

Pues, en mi mente hubo duda en cuanto a si yo estuviera siguiendo la voluntad perfecta de Dios con estar allí, participando en ritos que claramente eran anti bíblicos e idolátricos. Por tanto luego en la semana en la reunión miércoles por la noche, parece que el único que se molestó que yo considerara visitar otra iglesia era el cura-monitor. Más tarde, cuando estábamos solos, le pregunté ¿Por qué veneramos a María, porque la necesidad de rosarios, escapularios, y aun el confesar a un cura como él, quien no tenía autoridad de perdonar a los pecados cuando él era igualmente pecador como todo el mundo? Todas estas preguntas parece haberle molestado aún más (especialmente la última) y observé un lado de él que no se había revelado antes. Un lado que no me gustó y que no me pareció ser apropiado para alguien que estaba supuesto ser el representante de Dios aquí en la tierra. Además, fumaba muchos cigarros después de cada servicio y aunque eso no significa mucho, aun cuando yo era niño, siempre creía que estaba mal que un ministro hiciera eso. Pero, para ser justo, yo vi eso en la iglesia Bautista también, sin mencionar que mis propios padres lo hicieron en casa. De modo que el próximo Domingo, gustosamente fui con el hermano Sam a su iglesia Asambleas de Dios y conocí en seguida en mi espíritu que allí era donde Dios quería que yo estuviera. Desde esa vez, nunca he vuelta la mirada hacia atrás, lo cual hace como 40 años. En aquellos días, quedé tan enamorado de esta nueva experiencia que a medida que iba conociendo al pastor, a los miembros de la congregación (muchos de los cuales tenían testimonios similares del mío tocante el haberse alejado del catolicismo) y las historias absorbentes de misioneros yendo y regresando del campo misionero, que di gracias a Dios por haberme conducido por la senda de justicia. El Pastor Ah You vio mi dedicación y después de como un año, me tira las llaves de la iglesia y dijo simplemente: "Tranque la puerta de la iglesia cuando termine, Mike". Es que me tardaba tanto tiempo después del servicio que muchas veces, yo era el único que quedaba allí, y a veces, era la 12:01 am antes que saliera.

Sencillamente me sentaría por horas enteras pensando en la bondad de Dios sobre mi vida. Qué más yo podía hacer para ayudar a los hermanos y la iglesia local. Ya yo participé en cada actividad que tenían, inclusive tocar el piano para individuos y en el coro de la iglesia. Ascendí a ser el encargado del ministerio de los hombres (aunque se supone que quien lo dirigiera fuese un hombre casado) y evangelizaba por la comunidad, con los miembros de la iglesia de Palisades. La ciudad que se llamaba Pearl City en ese tiempo y creo que así es todavía.

Si a través de las experiencias, las vidas de los cristianos sean refinadas, estiladas o modificadas, entonces hoy día yo entiendo mejor una experiencia que tuve en aquel entonces. Caso probado: Una noche cuando "Sam" y yo habíamos regresado de una girada de la línea de vuelo, estábamos teniendo nuestro propio estudio bíblico personal y en un buen ambiente. A Sam, se le olvidó algo en el vehículo portátil inmovible que servía como una oficina para nosotros y me pidió que yo fuese allá para recogerlo. Debo decir que antes de esto, había gente, empleados del gobierno con quienes yo trabajaba que no eran receptivos al mensaje del evangelio yo compartía con ellos. De hecho, algunos de ellos simplemente eran hostiles al mismo. Dos de estas personas, (uno era un hombre hawaiano y la otra era una mujer rubia, casada con tres hijos) o se mofaban del evangelio o redondamente blasfemaban el nombre de Dios. Así fue, que cuando fui a recoger el artículo que a Sansón se le olvidó, abrí la puerta, pero como era oscuro, prendí el interruptor y seguí al interior de la oficina. Mientras yo aproximaba, escuché susurros frenéticos y mucho ruido, lo cual me sorprendió porque nadie estaba supuesto estar allí. ¿Y quién cree usted que hallé casi desnudos y en una postura sexual comprometedora allí mismo en el piso de la oficina? ¡Exactamente! ¡Las mismitas dos personas que habían blasfemado el nombre del Señor y mofado el evangelio! Nunca en mi vida he visto un rojo como el que igualaba las caras suyas en esa noche. Ninguno de las dos, literalmente me podían mirar fijamente a los ojos. Tengo que admitir, yo también fui chocado, porque eran las últimas personas del mundo que hubiera imaginado que fueran amantes secretos que serían sorprendidos en el acto de adulterio esa noche nefasta. Después de unos segundos, apagué el interruptor de la luz y regresé a donde estaba Sam y le dije todo lo que había visto. A penas me podía creer y me cuestionó por lo menos tres veces para asegurar que yo estuviera seguro en lo que alegaba. Luego, el también meneó su cabeza en disgusto. La escritura que Sam me enfatizó era esta: Asegúrate que tus pecados te descubrirán". Esas dos personas habían arrogantemente negaban que Dios no existía y frívolamente alzaron sus narices a Él, por así decirlo. Buscábamos una escritura que decía: "Antes del quebrantamiento es la soberbia; y antes de la caída, la altivez de espíritu". Proverbios 16:18 (RVG-2010). Aprendí tanto desde que aconteció lo que aquí estoy narrando y todavía, 40 años más tarde, lo recuerdo. La razón que Dios me permitió pasar esas experiencias era por lo siguiente:

1. Para no imitar tal conducta ni consentirla.
2. Para orar por personas que ceden a tales tentaciones.
3. Para entender que ninguna cosa escondida ha de quedarse así para siempre, sino que la verdad, aunque sea longánima, a la larga será triunfante.
4. Ninguno que tome el nombre del Señor en vano quedará sin culpa.

5. Dios defiende a sus siervos que andan en inocencia y justicia, aunque cómo lo hace a veces, es un misterio a nosotros.

Estas lecciones eran muy buenas para un joven que apenas estaba comenzando su caminata en el Señor, ¿No crees? Yo sí sé que desde ese día, cada vez que miraba a esas dos personas, para ellas, era extremadamente difícil mirarme los ojos fijamente o saludarme y trataron de evitar a todo costo el estar conmigo a solas en la oficina. Ahora yo sé que era la vergüenza que sintieron y la convicción del Espíritu Santo tocante sus vidas pecaminosas. No los juzgo, ni en aquel tiempo, ni ahora. Si no es por la gracia de Dios, allí voy yo. Pero desde ese tiempo, lamentablemente he visto muchos casos similares, aun en círculos cristianos, pero he llegado a comprender que a menos que nos mantengamos conectado a Dios y resistamos estas tentaciones, ninguno de nosotros estamos exentos de caer en semejantes situaciones. A Dios no le place. Me supongo que estaba en mi "primer amor" con Jesús. También aproveché la oportunidad de ver y oír evangelistas itinerantes y ver milagros y señales obradas en sus ministerios. El hermano Sansón se hizo algo de un padre espiritual para mí, de manera que dependía de él mucho para consejo tocante quien debía escuchar o no. De esta manera, si yo visitaba el centro del pueblo o a otra iglesia o me iba dondequiera para oír alguien nuevo, podía estar seguro que él estaba conmigo la mayoría de las veces. Mi único pesar de todo esto era que mi conversión al Señor se había tardado tanto y no antes, aunque solo tenía 20 años cuando me convertí y salí de allí cuando tenía 23. Aún más atractivo era el hecho que en esta sola iglesia había muchas etnias representadas; algo que no había visto cuando iba creciendo cuando era más joven. O fuese toda gente blanca en la iglesia Católica o fuese toda gente negra en la iglesia Bautista y nada entre medio; esa era mi experiencia. De modo que si yo no andaba con hermano Sansón en su casa, entonces estaba con el hermano y la hermana Yamamoto en su hogar o en alguna otra iglesia en su actividad donde siempre veía asiáticos, samoanos, negros, hawaianos, filipinos, chinos, caucasianos, portugueses, japoneses y mestizos de todos estos. Verdaderamente me enamoré de la variedad que vi y en mi manera simplista de pensar las cosas, me imaginé que así era que Dios quería ver todas las iglesias y aun la raza humana actuar el uno con el otro. Amén.

¡Válgame, como pasó el tiempo tan rápido! Luego, antes que me diera cuenta, se estaba terminando el tiempo de mi primer enganche y mi tiempo en Hawái. Cuando yo estaba envuelto en las actividades en la iglesia en Pearl City, conocí a un hombre mayor y pastor muy temeroso de Dios con el cual, me hice amigo quien se llamaba Rugwell. Desde un principio, nos caíamos bien, tanto que me invitaba a visitar en una de las otras islas Hawaianas (hay 7 o 8 en la cadena) donde él estaba pastoreando después que yo finalizara mis responsabilidades con el escuadrón. Puesto que era soltero y no tenía ligas con nadie ni nada, acepté. Considerándolo hoy día, fue una de las decisiones más sabias que había hecho en mi vida.

Dios me estaba enseñando a través de experiencias como debiéramos vivir por la fe y confiar en Él por todas las provisiones. Habiéndome despedido de la base de la Fuerza Aérea de Hickam, Pearl Harbor, Diamond Head y todos los otros lugares fascinantes que tenía el privilegio de ver, abordé el avión a Maui. Una vez que llegué, tuve por supuesto que el Pastor Rugwell iba encontrarse conmigo en el aéreo puerto, pero de alguna forma hubo una confusión y me hallé solo allí, sin conocer a nadie. Vi que las tiendas de la plaza interior estaban jalando sus puertas metálicas que protegían sus establecimientos y pensé: "¿Caramba, que hago ahora, ya que hermano Rugwell no contestó las llamadas que le hice cuando llegué? Puesto que había uno o dos restaurantes abiertos todavía, decidí entrar en uno y comprar algo de comer antes que cerrasen y razoné que después tendría que dormir sobre mis maletas hasta la mañana. Además de esto, los mosquitos parecían comerme vivo mientras esperaba en el aire libre. Pues, arrastré mis maletas conmigo hasta el restaurante y eso parecía raro a algunas pocas personas que estaban allí. Agarré una bandeja y seleccioné la comida que yo quería, como al estilo bufet y fui donde el cajero, quien era un hombre hawaiano y joven, como yo. Aunque parece extraño y a pesar de que estaba en un lugar desconocido sin conocer a nadie, no estaba preocupado ni un poco porque como dice en las escrituras, había una paz en mí que "...sobrepasa todo entendimiento... Filipenses 4:7 (RVG-2010). Sin ninguna razón, comencé a pitar el coro del gran himno cristiano "¿Eres limpio en la sangre?" Cuando acerqué el cajero y me oyó pitando, terminó pitando la última parte del coro que yo comencé en unisón perfecta conmigo. Los dos nos miramos y nos reímos en alta voz. Sabía que era un compañero cristiano. Me dijo: "¡Alabado sea Dios, hermano!" Nos saludamos de mano vigorosamente. "¿Cómo tú te llamas?

Agradablemente sorprendido, le dije mi nombre. Me preguntó ¿de donde era yo y que estaba haciendo yo allí? (Obviamente no habían muchos afro-americanos que pasaban por allí, pensé.) Le divulgué todo y mi propósito con estar allí. ¡Sacando el dinero de mi bolsillo para pagar por la comida, no me dejó pagar por ella y dijo mejor que lo pagaría él! Yo pensé: "¡Wow! ¿Ni siquiera me conoce y está ofreciendo pagarme la comida? Tan pronto que pudo y ya no había más clientes, vino a mi mesa con entusiasmo y hablábamos y confraternizábamos hasta la hora de cerrar. Vio que yo no tenía donde irme y ofreció: "¿Quisieras venir conmigo a mi casa y quedar allí hasta que el Pastor Rugwell te busque mañana? "Pues, claro que sí", le dije. Llegamos a su casa y no solamente fui introducido a su hermosa hermana, madre y padre, sino a toda la familia en su casa, yo creo. ¿Quién hubiera creído que simplemente con pitar un venerado himno de antaño como es ¿Eres limpio en la sangre?, tal provisión hubiera sido suplida? Mas al grano, el Espíritu Santo de Dios estaba conmoviendo mi espíritu para entender que si yo no mostrara vergüenza de Él, Él en cambio, nunca se avergonzaría de mí. Marcos 8:38 (RVG-2010). También me ensenó que si yo buscara primeramente el reino de Dios y su justicia, me proveería todas las cosas materiales que yo necesitase para poder funcionar, aun hasta el punto de prosperar. Mateo 6:30-34 (RVG-2010). A través de los años, he tratado de no olvidar eso, pues sin Él, ¿dónde estuviéramos?

El día siguiente, de verdad llegó el Pastor Rugwell. Se disculpó por el malentendido pero le aseguré que aun el olvidar buscarme, era el plan de Dios. Me preguntó por qué y le expliqué que si no hubiera sido por la equivocación, yo nunca hubiera conocido una familia cristiana hawaiana tan bella que bondadosamente me alojó en su hogar, sin conocer quien yo era. Eso, para mí, era una bendición que jamás olvidaré, como quizás el lector, a lo mejor puede darse cuenta. El Pastor Rugwell sonrió y me llevó a su casa y su iglesia. Me gocé con la congregación, aunque era un poquito más pequeña que la de Pearl City. Los hermanos eran muy amorosos, mayormente de más edad y llenos de sabiduría, lo cual era algo que hacía falta a un hombre joven de 23 años. Aunque mi visita con el pastor Rugwell solo duraba unas cuantas semanas, aprendí unas lecciones durante ese tiempo que han quedado conmigo a través de mi caminata cristiana. También, una mujer mayor y hermosa, de descendencia portuguesas llamada Rosa, por alguna razón se interesó en mí y yo a ella. Es que simplemente me encantó sentar con ella en su balcón y escuchar las historias de ella y su familia, como llegó a Hawái y el testimonio de su conversión al cristianismo. Cuando llegó mi tiempo de partir, estaba triste de despedirme de ella, pero a mi sorpresa, ella me había tejido una túnica con su capucha conectada. Tanto era la sorpresa para mí que, un abrazo y decirle muchísimas gracias, no me parecía suficiente. ¿Cuánto aprecié yo este regalo de tejido que me dio? Ha pasado casi 40 años y todavía lo tengo en mi ropero hasta el día de hoy. Y amo a Rosa y algún día espero verla en el cielo porque yo sé que ella está allí. Dios bendiga la memoria de ella. Lo que los hermanos en Maui me mostraron más que todas las cosas, fue que no importa si uno pertenece a la generación de mayor edad o la de menos edad, estamos todos unidos por el amor de Cristo que mostramos el uno al otro. Ellos nunca se cegaron al hecho que yo era más joven. Eso no les impidió ver la potencialidad que Dios me dio. Dicho sea de paso, una de las razones del por qué el pastor Rugwell quería que yo fuera con él, era para ayudarle en el departamento de la música hasta que le llegaran otros hermanos mayores y yo estaba contento de prestarle la mano en eso. Y en cuanto al lado práctico de la vida, había vacas afuera de la vivienda pastoral por ejemplo y a veces, me tocaba tener que recoger algo de un pequeño granero que estaba en el otro lado del pasto. Aprendí que uno debe de tener cuidado cuando anda cerca de la boñiga de vaca, de otra manera, puede resbalar en ella, lo cual hice. Pero no había problema con eso porque yo nunca había vivido en el campo, de modo que era una parte fascinante de mi aventura, como yo lo llamé. Pude acompañar al pastor y ver la playa de Wainapanapa, la cual tiene arena negra y se hallaba solo en Waimanalo y Kona, la cual me fascinó. Nosotros, junto con otros turistas, caminamos por encima de un puente pequeño y cuando llegábamos al medio del puente, alguien me dio una roca y me pidió que la dejara caer sobre el abismo negro sobre el cual el puente se extendía. Lo hice y nunca escuche ni un ruido. Eso me asustó un poco y avancé para salir del puente. Pensé: "Caramba, si alguien quisiera irse rápido al infierno, me imagino que esto sería ideal." También, había lomas verdes para contemplar, el estilo sin afán de la gente y la mixtura cultural de las etnias, la cual me abrió los ojos de la posibilidad del vivir en armonía entre sí, aunque todos somos diferentes. Me impactaron tanto que decidí buscar la potencialidad de Dios en todas las personas que yo hallara, sean cristianos o no. Tal vez me mostré ingenuo, pero a veces creo que es mejor así porque las opiniones negativas, los puntos de vistas negativas del mundo pueden

Aviador Primera Clase Michael Wright (1976-7)

El largo manto tejido para hombres con un capucho que Rosa Caravalho
me hizo cuando mi tiempo llegó de partirme de Waimanalo. Amé
tanto a esa señora mayor que aun  después de 40 años, todavía lo
retengo en muy buenas condiciones. Es un homenaje de su amor.

afectarnos si nosotros como cristianos no tenemos cuidado, nosotros también podemos permitir que esas influencias negativas afecten a aquellos que están en su "primer amor", por así decirlo. Créeme, yo estaba en mi primer amor en ese tiempo. Con esto, abracé al pastor Rugwell y le di las gracias por su hospitalidad, le prometí mantenerme en contacto con él. Luego abordé el avión para regresar a los Estados Unidos o mejor dicho, el Mainland (País principal) como se apoda, ya que Hawái ya es parte de los EEUU. ¿Próxima parada? Massachusetts (sin contar las paradas temporeras) y a ver a mi papá y mis hermanas que también estaban ansiosas de verme otra vez. No obstante, el joven que regresó era totalmente diferente del que se fue. A mi sorpresa, también mi papá era diferente.

# Capítulo 3

Mi papa me recogió en el Aéreo puerto de Bradley en Windsor Locks, Ct. Llegó en un automóvil relativamente nuevo, un Montego MX. Yo lo sé porque era mi carro que le había dejado mientras servía mi enganche en Hawái. Nos abrazamos y tuve que admitir que yo compartía la misma sonrisa suya. Obviamente, mi papá estaba orgulloso de su hijo y platicábamos de como las cosas habían cambiadas y cuales eran mis planes por el presente. La casa localizada en la calle de Dartmouth era grande en extremo, comparado a los otros lugares donde vivíamos. Una casa quintaesenciada de 13 cuartos de estilo colonial, me parecía un poco imponente. Era verde afuera y tenía una yarda espaciosa junto con la del lado. Hacía falta que hiciéramos algunas reparaciones en ella, pero mi papá era hábil en hacerlas y aun cuando tuvimos que poner un piso nuevo en la cocina, yo le ayudé. Generalmente, las familias durante esa época eran numerosas y yo sabía que mi papá compró la casa con la idea de arreglarla para que todos sus hijos pudieran tener su propio o por lo menos no discutir sobre el uso del baño. Había tres baños en aquella casa. Llegamos al estacionamiento de la casa y yo llevé mi equipaje arriba a mi cuarto. Porque era una casa tan vieja, hacían falta muchas reparaciones y pasando el tiempo, mis hermanas y yo dábamos manos en la tarea de dichas deficiencias, como reemplazar los papeles pintados en las paredes. Ayudé diligentemente a mi papá a reemplazar el piso de la cocina y arreglar el sótano. Mi hermana mayor nunca vivió en la casa, porque ya se había casada desde que yo me fui al servicio militar. Todos estábamos regresando o de Alabama o de Ohio a lo que mi papá esperaba fuese un ambiente más estable. Pero a la larga, ninguno de nosotros quedaría mucho tiempo porque todos éramos más mayores y todos comenzábamos a buscar nuestros propios sueños. Por tanto, eventualmente mis hermanas todas se fueron y solo quedamos yo, mi hermano menor e hicimos lo mejor que pudimos en ayudar a mantener el lugar. Más tarde, aun mi hermano menor se fue y luego se hizo un cocinero bastante hábil. A pesar de todas estas cosas, me di cuenta que mi papá había "cambiado" drásticamente. Ya no tomaba, ni maldecía y asistía a la iglesia con regularidad junto con su tercera esposa. Le encantó trabajar con los niños y comenzó un coro de niños en la iglesia bautista donde asistía. Esta transformación era placentera. Me dio las gracias por el uso de mi carro por más de los dos años que yo estuve ausente. Él igualmente, se dio cuenta del cambio en mí y de vez en cuando, yo le acompañaba a las funciones de su iglesia y sus actividades. No obstante, puesto que él amaba la doctrina bautista y yo la pentecostal, decidí buscar los de mi misma fe, pero sentí el impulso del Espíritu Santo hacerlo entre la población de habla español. También sentí un jalón fuerte de conectar con algunos de mis amigos que había conocido del pasado. El primero, por supuesto, era Butchy, pero encontré que de verdad, ya se había enganchado al servicio militar, después de todo, solamente no fue conmigo en aquel tiempo como me prometió que lo iba hacer. Le pedía un favor a su mamá que si pudiera dejarle saber que yo andaba buscándole y me contactara tan pronto le fuera posible. Nunca lo hizo. Segundo, busqué mis amigos favoritos de mi escuela superior, algunos de los cuales ya se había casado o conseguido empleo con empresas regionales. Sin embargo, uno de mis mejores amigos quien era igualmente apreciado como lo era Butchy, (aún más porque éramos tan amigos que me invitó a ir juntos a Puerto Rico, conocer más de su familia y aprender más español, y así lo hice) era Francisco Gómez. Aunque al principio, estaba muy contento de verlo de nuevo, ahora, él se puso a convivir con una muchacha americana y aun tuvo una bebe con ella, lo cual me chocó completamente porque antes, no estaba propenso a portarse de esta manera. Para mí, me parecía que su vida había tomado un rumbo hacia una vida insalubre, lo cual no excluía el uso de drogas, palabras profanas y una actitud liberal hacia la carnalidad. (¿Mira quién habla de una vida carnal?) Aunque me caía muy bien y lo aprecié, sentí molestado en mi espíritu e igualmente sentí que de ahí en adelante, probablemente no íbamos a vernos mucho más.

Puesto que mi concilio nuevo era las Asambleas de Dios, pues lo busqué pero esta vez, en español. Rápidamente encontré una iglesia no muy lejos de la casa, en la calle Chestnut. Al principio, me parecía que la gente allí estaba sospechosa. Pues no era una cosa común para un Afroamericano buscar confraternidad con ellos, ni tampoco ellos la buscaban recíprocamente fuera de su etnia. Pero, había unas cuantas personas que conocí mientras estaba allí que perecían ignorar esas inhibiciones y sospechas. Ya por este tiempo, yo sabía que cada raza tenía su gente buena y mala, pero eso no nos obliga a ceder a esos estereotipos que perjudican la raza entera, porque haya unas cuantas manzanas podridas. Otra persona que sobresalió como un buen hermano en Cristo y amigo fue un hombre joven llamado José Claudio. Aun hasta el día de hoy, cuando yo pienso en él, se destaca como una persona excepcional quien mostró su amor y nunca se echó atrás cuando le tocaba el tema de apoyar mi deseo para confraternidad y amistad. Fue él, quien me mostró la parte interior del santuario, quien cada semana me introdujo a diferentes hermanos, comenzando con el pastor y luego los miembros de la congregación y aun a su propia madre y hermano, los cual me aceptaron todos con el pasar del tiempo. Me supongo que mi progreso iba a la par porque después de un año o dos, el pastor empezó a darme proyectos pequeños para hacer, creo para ver como yo los manejara. El conserje en ese tiempo se llamaba Julián, y me encantaba ayudarle con proyectos pequeños cuando podía y tenía el tiempo. Era un hombre muy talentoso quien podía arreglar casi todo. También, me fascinó poder diezmar de mi salario como esto era algo que entendí que Dios nos mandó cumplir en su palabra. El pastor también se dio cuenta y cuando me uní a la sociedad de jóvenes, me entregó aún más responsabilidades, inclusive a predicar delante de toda la congregación de vez en cuando, lo cual me atemorizaba al principio, pero luego se me hizo fácil, como una reacción automática. Fui un chofer del autobús de la iglesia y me quedé con ese puesto por 9 años. Pero antes de esto, el pastor, viendo mi celo por las cosas de Dios, me animó a que yo asistiera al instituto bíblico de Hartford, Ct., lo cual hice por 3 años consecutivos y terminé el programa. Me di cuenta también que el estar ocupado en sí, no edifica al espíritu, sino más bien puede ser una excusa para problemas más serios. El estar muy ocupado solo fatiga a uno, pero no le hace a uno más espiritual. De hecho, puede ser muy dañino si no ejercemos cuidado. Durante todo este tiempo, el "pecado" que me asedió tan fácilmente, nunca apareció en escena, ni siquiera el pensamiento de ceder a las bajas pasiones que antes me dominaban, porque me mantuve ocupado constantemente en la obra del Señor. Pero cuando comencé a ser negligente en las áreas espirituales de importancia, tales como ayunar, orar, leer la palabra de Dios y participar en las actividades que edifican la iglesia, ahí es cuando mi mente empezó a entretener estos pensamientos. Los lugares de empleo donde yo trabajaba no pagaban muy bien, pero era suficiente para cubrir mis necesidades y ayudar a mi papá con la renta y otras cosas de la casa. Cuando busqué empleo en otros lugares debido al descontentamiento, nunca me "cupieron bien", por decirlo así, y por eso nunca me quedé mucho tiempo con el empleo, especialmente con el oficio de vendedor. Entonces, me iluminaba la idea que yo debía hacer lo que mi papá hacía por tantos años, lo cual era ser un camionero de corta distancia. También, decidí alistarme en las reservas de la Fuerza Aérea, para aumentar mi salario. Estas actividades no eran necesariamente malas en sí, pero se convirtieron en las razones del por qué yo gastaba menos y menos tiempo en comunión con Dios, los hermanos en la iglesia y otros asuntos espirituales que me ayudaron a no caer en diversas tentaciones. En fin, me puse perezoso y como tal, comencé a mostrar señales de una disposición debilitada y no resistente a las artimañas del diablo.

Con el tiempo, gané mi licencia de Clase A, como se las llamaba en ese tiempo y conseguí empleo con una empresa especializando en camiones de cargamentos que pagó un salario bastante decente y sin duda mucho más que el de un vendedor que yo tenía antes. La desventaja de eso fue que me dio menos y menos tiempo en la iglesia y esas actividades que mantienen nuestros espíritus vigilantes contra las asechanzas del enemigo. A esto, añade el hecho que yo tenía que ausentarme durante fines de semanas enteras para cumplir mi deber con las Reservas de la Fuerza Aérea y no faltó mucho antes que los "rotos" empezaron a aparecer en mi armadura cristiana, por así decirlo. Paradas de camiones estaban llenas de aquellas mismas revistas sucias y licenciosas que yo había descartado una vez en Hawái y picándome la curiosidad nuevamente, daría mi vistazo a ellas. Yo sabía que no era para leer ningún artículo interesante, sino para mirar las mujeres desnudas. El Espíritu Santo me compungió en seguida y yo sabía que estaba mal. Es inútil tratar de callar su poder de convicción, sin embargo yo lo intenté. En lo que puedo recordar, era en ese tiempo cuando yo volví a practicar el auto gratificación sexual esporádicamente, fantaseando sobre las imágenes presentadas en esas revistas. Me sentí absolutamente horrible y más cuando estaba en la ciudad porque me mantenía la apariencia de ser un creyente tan espiritual cuando en realidad, permití a esas influencias corruptas infiltrarme. Yo no sé si alguien se dio cuenta de mi conducta, pero yo sé que Dios sabía que estaba haciendo mal. El dilema era que no conocía absolutamente a nadie con quien yo pudiera confiar este pecado. Terminé haciendo arreglos para ver un siquiatra en el hospital de Springfield. Lloré como un bebé sobre lo que estaba haciendo. Aunque parece extraño, me dijo que tal conducta era más normal de lo que yo pensaba para los hombres jóvenes y lo excusó como una cosa de no preocuparse tanto. Ligeramente yo le corregía y le cité versículos bíblicos para comprobar que de veras yo no debía estar haciendo estas cosas. Él me contradijo citando algunos versículos (obviamente, no era cristiano) pero en uno de ellos del antiguo testamento, citó mal y yo le corregí enseguida y me congratuló por mi conocimiento bíblico. Le dije que mi conocimiento bíblico no servía para nada si mi conducta no cambiaba. Así, yo probablemente terminaría en el infierno. Eso, lo consideró un poco drástico, pero de toda forma me recetó algunas drogas potentes, las cuales afectarían mi libido para que aun si yo quisiera algo, no pudiera y me apuntó para que yo lo volviera a ver otras tres veces más. Yo tenía tanta vergüenza, que no nunca regresé. Esos episodios eran cortos y volví a portarme bien sin que nadie se diera cuenta de nada, pero sentía triste que me había fallado a mí mismo y a otros aunque no supieran nada de esta adición perniciosa. Admito que cuando ayunaba, parecía enderezarme más y recuerdo que una vez, hice 7 días sin comida y agua y muchas veces hacia ayunos de 3 días de igual manera. No divulgo esto para ser jactancioso sino más bien demuestra que aun tomando estas medidas, resultaron infructíferas *si* la raíz del problema no se trata. El hecho de que volví a caer en esta conducta inaceptable prueba que si el deseo innato a vencer este vicio se ausenta, no importa el vicio que sea, todo ayuno, lloro y oración por mucho que sea no aprovechará para nada. Ahora, como en ese tiempo atrás, declaro que en mí, no hallo ninguna cosa buena. La única cosa digna que encuentro en mí, es Cristo, y eso solo por su gracia. Pero si estoy muy agradecido de que Dios es misericordioso. Si eso no fuera una realidad, este testimonio abreviado nunca se hubiera escrito.

Sin embargo, puedo decir que el pináculo de mi asistencia a las Asambleas de Dios fue conocer mi querida esposa Lucy. Cuando la conocí, nunca se había casado pero tenía dos muchachos pequeños y yo la encontré muy atractiva con sus dos chicos que le seguían. Yo vi en ella una mujer, que a pesar de sus circunstancias, estaba dispuesta a darle todo a Dios y dejarse dirigir por Él. También era y es una mujer muy bonita. Poco a poco, nos íbamos conociendo y aunque no lo creas,

La foto de la boda de Michael y Lucy con su papá y su esposa Mary Anne  (a la derecho extrema), su hermanastro Steve, y Lino y Miriam Maldonado y una de las hijas de nuestra amiga Faith. (1982)

dentro de seis meses nos casamos. Ahora, sé que algunos dirían que eso parece un poco ligero y que se necesitaba más tiempo para conocerse, pero cuando Dios está en el asunto, Él se encarga de los pequeños detalles. Agradezco al Señor que me bendijo con ella porque ya han sido 33 años y nos amamos más hoy que cuando nos conocimos. Me llevaba bien con mis dos hijastros Javier y Marcus y los encaminé como si fueran míos propios porque cuando hay amor verdadero, no debe de haber ninguna distinción. Marcus, el más joven siguió mis pasos a la vida militar y después obtuvo dos bachilleratos y en actualidad persigue su maestría. Javier, mi mayor consiguió un buen empleo con pago excelente en Connecticut y poco a poco está ascendiendo las escaleras de responsabilidad a su paso propio. También, resultaron ser excelentes padres para sus hijos y siempre honran a su madre. Aunque no están sirviendo al Señor como nosotros los quisiéramos ver, nos dicen que nunca olvidarán la crianza Cristiana que les dimos y que nunca olvidemos de mantenerlos en nuestras oraciones, lo cual hacemos siempre.

Después de estar con la iglesia 10 años más o menos, decidí volverme a la vida militar porque no me gustó el hecho que el empleo de camionero me estaba quitando tanto tiempo fuera de mi familia y de la iglesia. También sabía que cuando uno es militar, le dan 30 días de vacación cada año automáticamente. (Aunque cuando le permiten uno a tomarla es otra cosa.) No era fácil tener que despedirme de todos esos maravillosos hermanos y hermanas que se habían hecho parte de mi vida y yo los amaba. En cambio, mi papá si me comprendió ya que él era veterano de la Segunda Guerra Mundial y había observado como el Señor me bendecía a pesar de todas las inconsistencias de mi vida. Él nunca se enteró de mis problemas morales tampoco. Prometí a todos que yo me mantendría en contacto lo tanto posible. Igualmente como se puede imaginar, después de vivir en Springfield por muchos años, mi esposa e hijos encontraron la idea de trasladarse a otro Estado un poco difícil al principio, pero luego la aceptaron. Sé que siempre produce un poco de entusiasmo, la idea de trasladarse a otro estado y conocer nueva gente. Aunque yo era fanático a la Fuerza Aérea, cuando fui a enganchar a la fuerza activa nuevamente, me dijeron que tendría que esperar un año entero, lo cual no estaba dispuesto hacer porque ya yo estaba cansado de estar en Springfield. Por lo tanto, el reclutador de la Fuerza Aérea me sugirió que si yo quería irme rápido, simplemente que yo ingresara al Ejercito mejor. Así podría irme muy rápido. Pensándolo bien

Michael y Lucy en los años principiantes de su matrimonio
con Javier (6) and Marcus, (3) en ese tiempo.

ahora, en ninguna manera estaba razonando lógicamente, porque si hubiera sido así, jamás lo habría hecho, pero por alguna razón, pensé que era una buena idea, y lo hice.

En Connecticut fue donde me reenganché y pasé el entrenamiento básico en la Fortaleza (Fort) Dix, Nueva Jersey. Mi papá, su esposa y la mía y los muchachos vinieron a verme en mi graduación. Luego, me mandaron a Aberdeen Proving Grounds, en Maryland para entrenamiento especial en mi destreza especial militar. Después de esto, recibí órdenes para irme a Fort Riley, Kansas y mi papá fue tan amable como para manejar todo ese camino y llevarme mi esposa y los muchachos desde Massachusetts hasta allí. Hallábamos una casa allá en Manhattan, Kansas y con el tiempo, la compramos. Aunque era una casa humilde, la llamábamos nuestro hogar y estábamos orgullosos. Matriculamos a los muchachos en las escuela locales (porque Javier era 5 años mayor que su hermano y por eso, la necesidad de tener que matricularlos en diferentes escuelas) y después de un tiempo corto, los muchachos comenzaron amistarse con los demás. Encontramos que los cultos de adoración en la fortaleza carecían de entusiasmo y secos, y por eso optamos por buscar lo que acostumbrábamos allá en el noreste. Aunque buscábamos por completo a una iglesia Asambleas de Dios en el área inmediata, pues luego hallamos una que tenía creencias similares a las nuestras en Junction City, Kansas y tratamos como pudimos de hacernos parte de la congregación.

En realidad, fue a través de amigos y conocidos que hicimos durante nuestra estadía en Fort Riley que pudimos familiarizarnos con las iglesias del área. La primera que visitamos era pequeña con miembros muy amables y logramos conocerlos a todos. Mi trabajo me mantuvo muy ocupado en el campo. El entrenamiento militar a intervalos y las actividades, consumieron mucho de mi tiempo. Mi esposa era una mujer buena y se prestó para ayudarme lo más que pudo para convertir nuestra casa en un hogar. Los inviernos de Kansas puede ser muy fuertes y la iglesia donde asistíamos quedó como una media hora de nuestra casa en Manhattan. No obstante, ella se atrevió ir a esa distancia y llevar a los muchachos consigo a la iglesia. Sin embargo, algo sucedió en nuestra iglesia y parece que se formó un cisma y a causa de eso, se formó otro grupo. Esto nos entristeció como nunca estuvimos al tanto de ninguna disensión que causara esto y para nosotros, el pastor era un hombre humilde que temía a Dios. Confrontado pues con una decisión que

Reunión de familia. Primera fila abajo, se ve Javier cuando tenia
solo 6 añitos a la derecho extrema. Segunda fila, Lucy se ve, de I
a D, la segunda persona a la derecha. Tercera fila, se ve Michael y
su papa se ve en al misma fila a la derecha extrema, aguantando
su nieto, Marcus, quien tenia solo 3 añitos cuando eso. Dicen que
mi papa tenemos la misma sonrisa. ¿Qué crees? ¿Tienen razón?

Un articulo sobre las familias mixtas visto en la
prensa local  (1992-Sunday Republican)

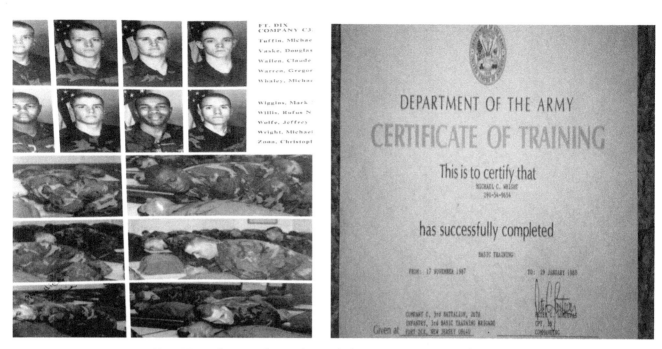

E-3 Wright graduándose del entrenamiento básico
del Ejercito en 1987, Ft. Dix, N.J.

PFC Wright (servicio previo considerado) graduándose
del entrenamiento básico del Ejercito en 1987. (1ra línea,
2do soldado de la derecha, aguantando la bandera)

realmente no quisimos hacer, fuimos con nuestros amigos que conocimos en la Fortaleza a la iglesia nueva y luego, pasando el tiempo, querían que mi esposa fuera la pastora de la iglesia. Después de someter el asunto a Dios en oración, aceptó pero averiguó luego que había ciertas personas dentro de la iglesia que desaprobaban su liderazgo y le hicieron difícil llevar a cabo su función bien, como ella hubiese querido hacer. Decidió dejarlo más tarde. Por coincidencia, yo recibí órdenes para irme a Corea del Sur ya en este tiempo. Esto nos fue un choque porque quiso decir que el turno que me tocaba duraba un año aislado, lo cual significaba que yo estaría allá solo y no se permitían los miembros familiares de uno acompañarle. Puesto que la mayoría de las personas en la iglesia eran militares, se acostumbraban a ver la gente ir y venir pero para nosotros, todo esto era nuevo. Bueno pues, dijimos nuestros adioses y me fui para Corea y mi esposa y los muchachos quedaron allí y "guardaron la fortaleza", como se dice, por lo menos por un tiempo (Juego de palabras no es intencional). Mi esposa era bien conocida en Springfield y como uno que tenía el rango de E-4, nuestro ingreso apenas nos permitió a cubrir la los pagos de la hipoteca y la compra sin que quedara mucho más después. Eso fue cuando ella sugirió que regresaría temporalmente a Springfield para emplearse en un vacante que tenían disponible para ella hasta que yo terminara mi turno en Corea. Resultó ser una buena idea porque era en ese tiempo que la Guerra del Golfo empezó y en vez de un año, tenía que quedarme 14 meses en Corea. Ella, por otro lado, ganó bastante dinero donde ahora pudimos mantener nuestros pagos con la casa y los muchachos estaban contentos de ver sus amigos nuevamente, aunque solo fue por un tiempo limitado.

Corea era un lugar difícil de soportar, pero había miles de soldados esparcidos en toda la península. Da la casualidad que debido a mi especialidad, me mandaron al norte del Campamento (Camp) Casey, 2da División de Infantería. Todo el mundo sabía que si los Coreanos del Norte invadiesen al Sur, seríamos casi aniquilados porque contaban con un ejército de cómo un millón de soldados estacionados en su frontera. De hecho, para ellos seríamos solamente un "obstáculo insignificante" en su camino hacia Corea del Sur. Traté de acostumbrarme como pude con la rutina y me supongo que mi intento no fue tan malo. Llegué a ser un Oficial Sin Comisión de las armas químicas y también me hizo Líder de una escuadra. Me promovieron a E-5, lo cual es un sargento. El poquito de tiempo que me sobraba se gastó con los huérfanos Amer-asiáticos o en las capillas en los puestos, las cuales no estaban muy distantes las unas de las otras. Sin embargo, en esos tiempos, yo "resbalé" y volví a ese vicio condenable, lo cual me hizo sentir horrible y me condujo a una depresión profunda. Observé como el aislamiento y la soledad afectó a muchos de mis soldados compañeros. Todos manejaron la soledad en diferentes maneras. Algunos se ocuparon en actividades extracurriculares como el alzar pesas en el gimnasio o participar en excursiones breves a Seúl, las cuales eran auspiciadas por el puesto. Otros, como yo, trataron de encontrar confraternidad cristiana. En mi caso, me quedaría en mi cuarto y escribí cartas a cuantas personas yo conocía, especialmente a mi esposa. Ella recibió una carta todas las semanas y a veces dos. Como un líder del escuadrón, aunque yo luchaba con mis problemas personales, el sargento debe ponerlos hacia un lado y atender al bienestar de sus soldados. Esto hice yo con mucho orgullo. Pero la actividad más grande para un cristiano debe ser su tiempo de comunión con su Señor y Salvador aunque sea por la mañana, mediodía o la tarde. Cuando yo hice esto, las cosas me salieron maravillosas. Cuando no lo hice, la tentación me llamó y no todas las veces pude resistir. Aunque jamás pensé acostarme con otra mujer debido a mis votos matrimoniales. Sin embargo, una vez yo neciamente dejé a una de las prostitutas del área, hacer un acto conmigo que sabía nunca debía hacer. Debido a esto acto carnal y falta extrema de juicio espiritual, lloré por días enteros y eventualmente lo confesé a mi esposa cuando fui a verla en mi vacación. Basta decir que estaba devastada al oír esta noticia, enojada y fue difícil para ella perdonarme esto. Naturalmente, ella tenía toda la razón y no podía culparla en nada ya que su coraje era justificado. Sin embargo, luego nos reconciliamos y le prometí que por el resto de mi tiempo, me quedaría en mi cuarto o con los huérfanos y eso era todo. Eso es exactamente lo que hice. Dios me permitió cumplir esas palabras y estábamos contentos de vernos otra vez y mis muchachos cuando por fin, mi turno se terminó allá. Ya por este tiempo mis muchachos estaban acostumbrándose a matricularse y desmatricularse en las escuelas. Mantuvieron notas bastante decentes y si hubiera algún tema que les dio problemas, tratábamos de ayudarles entender bien esos temas. Cuando estaba por regresar de Corea, intenté cambiar mi pericia oficial al de (96D-Analistas de Fotos de Alta Seguridad de Material Sensitiva) pensando que dicho cambio ayudaría mi carrera. Esa acción me obligó a desviarme temporalmente a Fort Huachuca

Michael y su hijo Marcus divirtiéndose en balso en el rio
Colorado juntos con otros jóvenes cristianos Amer-asianos.

en Arizona. Sin embargo, esto no parecía acoplar con los planes de Dios y por tanto, el asunto no salió muy bien como yo esperaba. Esto es cuando yo recibí órdenes para reportarme a la Fortaleza Carson, (Fort) Colorado. Esta movida anticipada nos entusiasmó porque mi hermana vivía en Denver, Colorado con su familia y la posibilidad de verla otra vez y nuevas aventuras nos ayudó pensar más positivamente tocante nuestro futuro. Logré vender nuestra casa en Manhattan y aun sacábamos una pequeña ganancia.

Antes de darnos cuenta, ya estábamos adaptándonos a nuestra vivienda en la fortaleza de Colorado Springs, Colorado con la Cuarta Infantería. (4th I.D) Nos acostumbramos a nuestra rutina nueva y los muchachos hicieron nuevas amistades más rápido esta vez. Fui introducido a mi nuevo liderazgo y nuevamente designado como un líder de una escuadra. Debido a que al Comandante del Batallón le hacía falta un entrenador maestro de aptitud, (MFT) en ese tiempo buscaba un individuo agresivo que pudiera ir a una escuela de entrenamiento en Indianápolis, Indiana y cumplir esos requisitos. Me ofrecí de voluntario para ir porque me encantaba las actividades que tenía que ver con entrenamiento físico. ¡Válgame! Por poco me meto en un lio sin remedio. La escuela de entrenamiento de maestro de aptitud era difícil de pasar, pero por la gracia de Dios, lo hice muy bien. Cuando regresé, recibí un certificado de reconocimiento del Comandante del Batallón. Sin embargo, esta nueva lista creciente de logros que alcancé me mantuvo más ocupado en ella de lo que esperaba. Puesto que las otras compañías no tenían un entrenador maestro de aptitud, solicitaban a mi Primer Sargento, si podían usarme "prestado" y él, feliz de la vida de concedérmeles, aunque yo no quisiera, si entiendes lo que quiero decir. Eso quiso decir que yo no pude llegar a casa siempre a tiempo de la cena, pero mi esposa lo tomó como otra cosa más en la vida, como un buen soldado que era. Ella tampoco estaba contenta de solamente estar allí en casa sin hacer nada, sino que comenzó a buscar activamente un buen empleo que pudiera generar un ingreso decente para nuestra familia. Casi todo lo que mi esposa puso su mente hacer, lo lograba y siempre daba la gloria a Dios. Nuevamente, vimos que era más fácil adaptarnos a las iglesias de afuera, en la área local que adentro del puesto, debido al espíritu ecuménico que se difundía en muchos de las capillas en los puestos y el desprecio invasivo solo con el uso de la palabra "Jesús" en los servicio de adoración cristiana. Esto, quiero recordarles, sucedió en una nación fundada en principios cristianos. Esto encontramos muy hipócrita y añadía a nuestras sospechas que alguien de un nivel más alto estaba intentando controlar lo que se podía o no se podía predicar y eso no nos cayó muy bien, ni aun hoy día.

Con el tiempo hallamos una iglesia Asambleas de Dios y asistíamos allí fielmente, involucrándonos con la comunidad de fe. Eso duró como 2 años más o menos, pero entonces observábamos que la familia pastoral era encargada de todo aspecto y asunto de la iglesia inclusive los fundos de la tesorería. Esto no es necesariamente malo siempre y cuando que se permita escudriñar de las finanzas y que haya equilibrio fiscal. Nos parecía como que no querían la ayuda de nadie más envueltos en sus asuntos financieros, aunque fuesen cualificados. Por favor, entiendan bien que era una familia muy genial y admirable y era fácil de ver que José Malacara, (Así era el nombre del pastor) tenía una visión grande y un amor hacia las almas perdidas. Solo que en el área de las finanzas, se notó algunas discrepancias. Como a mí me encantaba el estar envuelto en el departamento de la música, ofrecí voluntariamente mi tiempo y talentos hacia ese fin. Yo ayudaba en la escuela dominical y también mi esposa hacia igual cuando nos pedían. Nuestros muchachos, que ya eran hombres jóvenes para ese tiempo, nos acompañaban y fueron introducidos a conocer nuevos cristianos. Los criábamos, exponiéndolos a cuanta amonestación cristiana y entrenamiento que pudimos no solamente en la iglesia, sino también en casa y sentado a la mesa del comedor. Nos encantaba orar como una familia antes de acostarnos cuando se nos presentaba la oportunidad. Sin embargo, nos dimos cuenta que los muchachos después de todo, eran humanos y podían ser afectados por la influencia mundana como todos. Comprendimos que si no corrigiésemos dichas influencias en una manera rápida, podría terminarse la situación desintegrándose el hogar y causando irreparable daño espiritual y emocional. Por lo tanto, los corregíamos pero con amor, firmeza y un propósito singular.

Era en este tiempo que recibimos una invitación de visitar otra iglesia local en el área (aunque ésta no era Asamblea de Dios) por un hermano que había estado con nosotros previamente donde actualmente estábamos asistiendo. Como era en un día que no teníamos servicio, pues le dije a mi esposa que yo iría para investigar cómo era aquello. Resultó que la iglesia y sus feligreses eran bellas personalidades. El concilio era de Las Iglesias de Dios, Cleveland Tennessee. El nombre del pastor era Roy. Él y su esposa eran muy amables. De vuelta a nuestra iglesia, hubo una investigación de parte de la jerarquía liderazgo del concilio tocante las finanzas de la iglesia y nunca se hizo claro si hubo malversaciones de los fondos o no, pero decidimos que era tiempo hacer un cambio. De modo que nuevamente, nos despedía la gente buena y nos dirigíamos a la iglesia de "Roy". Lentamente nos establecimos una rutina y en seguida me conecté con el ministerio de música, el cual era muy profesional en esa iglesia. Los muchachos, una vez más, establecieron nuevos conocidos como lo hizo también mi esposa, especialmente entre los asistentes de habla español. No recuerdo haber cedido al "vicio" (mirando imágenes pornográficas) mucho mientras vivía en Colorado. Gracias a Dios, estar envuelto en actividades militares y cristianas, no dejó mucho tiempo para chanchullos, por decirlo así. Porque mi esposa y yo nos fascinó ministrar, fuimos bendecidos a conocer a Frank y Betty, una maravillosa pareja cristiana que ministraba en las prisiones a través del ministerio de Chuck Colson. Me encantaba ministrar a los presos y viajaba a Cañon City y mi esposa dio servicios con Betty en la prisión de mujeres en Pueblo, Colorado. En ocasiones especiales se nos permitió dar servicios juntos (los oficiales de la prisión permitieron que los hombres ministrasen con las mujeres) donde yo podía acompañar a las hermanas y ser parte de un programa especial de visitas y ministrar. Se nos abrieron los ojos, de manera que con cada oportunidad que se presentaba, tomábamos cursos y recibíamos certificados los cuales nos permitieron ejercer ese ministerio. Eso es algo que hicimos durante el tiempo que estuvimos en Colorado y continuamos haciendo hasta el día de hoy, aunque el ministerio se ha expandido. También, viajábamos a cortos viajes misioneros, cruzando la frontera a ciudades y pueblos mejicanos en por los menos tres ocasiones diferentes. Siempre hemos sido personas de bajo ingreso, de manera que para quedar con nuestros compañeros pastores mejicanos en sus humildes haciendas no era una gran cosa para nosotros. Algunos de los que viajaron con nosotros no podían soportar el hecho de no tener inodoros sin agua fluir, las cucarachas subiendo las paredes y a veces en la comida o las moradas que en la vecindad parecían más bien como chozas, pero yo me preguntaba adentro de mí: ¿Por qué pues has venido, dado que sabias que íbamos a encontrarnos con escenarios así? ¿No era la misma idea de todo esto ministrar a los pobres y los que les faltaban estas cosas que tomamos por supuesto? Esos viajes nos mostraron qué mimados eran algunos de nosotros, aun los que pertenecían a la comunidad cristiana. A Dios no le place que algunos perdiesen sus posesiones materiales porque no creo que podrían seguir. En todo caso, era una bendición observar estos hermanos amorosos aceptar con gran orgullo las ropas y apoyo financiero que les llevábamos.

Predicábamos y ministrábamos en las iglesias de Juárez, conocimos personas dedicadas de otros países quienes ministraron por años y décadas en el ministerio. Actualmente uno de los pastores con quien quedamos era en realidad de origen hondureña, pero como había vivido en Méjico tanto tiempo, allí consiguió su ciudadanía mejicana. Otro pastor era de Puerto Rico, pero había vivido allí 25 años y su esposa era por supuesto, mejicana. Uno jamás hubiera sabido que era puertorriqueño a menos que no revelara su acento. Éramos bendecidos ser una parte de experiencias de esta índole. Mis dos muchachos rápidamente estaban transformándose en dos hombres jóvenes y mi mayor ya había terminado la escuela superior. Los dos eran bien activos en los deportes y cuando mi hijo mayor solo tenía 17 años, ganó el campeonato estatal del deporte de acuclillarse y pararse con pesos encima del hombre, 505 libras, lo cual era un logro sin precedente en ese año. En casi todos sus juegos de futbol americano, le vitoreábamos. Cuando su día de graduación llegó, le sugería algunos colegios cristianos que quizá quisiera asistir pero al final, escogió asistir a la Universidad de Liberty, en Lynchburg, Virginia. A mi esposa, no le encantó la idea de su hijo irse tan lejos del hogar, pero yo estaba orando que una experiencia en un colegio Cristiano profundizase su celo para las cosas de Dios. Poco sabía yo que lo contrario iba a suceder. Pues, besó a su madre, abrazó a su hermano, dijo adiós a sus amigos y nos dirigíamos hacia Virginia. Javy manejó su carro, siguiéndome a mí en el mío porque una vez que llegásemos allá, yo tenía que regresar para ayudar a mi familia preparar para la mudanza. Todo iba lo más bien cuando de repente, ¿Qué es lo que recibía yo? Órdenes para reportarme allende los mares. ¿Adónde? A mi horror y choque, Corea del Sur para una segunda vez. No puedo decirte lo suficiente de cuánto yo me oponía a esas órdenes y de cuántas maneras yo traté de esquivarme de esta gira aislada, especialmente sabiendo lo que me pasó la última vez. Pero todo intento mío fue sin éxito. Sin embargo, esta vez, mi esposa e hijo recibieron la noticia con mucha más calma que la primera vez.

Llegándome pues al Aeropuerto de Kim Po, todo me era familiarizado ya. Nuevamente fui enviado al Campamento (Camp) Casey, 2da División de Infantería. Caí en la rutina más fácilmente esta vez y con el tiempo, fui promovido a E-6. Naturalmente, prefería estar al orfanato de niños en mi tiempo libre. También visité la famosa iglesia del Doctor David Yonggi Cho. Aun fui elegido ser un pastor temporal de una iglesia de soldados de todos rangos, donde nos reuníamos afuera de la fortaleza de Casey en el pueblo pequeño de D[T]ong Du Chon. Conocí estudiantes cristianos maravillosos y dedicados y aun pude introducir a mi hermano Amer-asiático a una muchacha muy buena que luego vino a ser su esposa. Mi comunicación con mi esposa era constante y cuando llegó los seis meses, estaba más que contento tomar mi vacación para estar con ella y Marcus, mi más joven. Un poco después de yo regresar a Corea, averigüé que mi hijo mayor había regresado a la casa de la Universidad de Liberty (Virginia), totalmente disgustado y desalentado. Sorprendido, yo le pregunté ¿qué sucedió? Me dijo que a pesar el hecho de que la universidad era conocida como cristiana, él confrontó racismo descarada e intolerancia, comenzando con su propio compañero de cuarto, quien parece que desplegaba unas actitudes racistas contra los afro-americanos. Por supuesto, su padre era uno, de modo que mi hijo no iba tolerar eso sin oponerse. No entendía que muchos padres, habiendo fracasado en criar sus hijos en una manera buena, con límites morales, éticos y cristianos, simplemente los depositan a estas universidades. Ellos esperan que la facultad y la interacción hagan lo que ellos no pudieron, lo cual es inculcar valores y respeto mutuo el uno por el otro sin importar la etnia y animarles a que tengan una experiencia personal con Cristo. Dijo que cayó en gracia con su entrenador y le garantizaba un lugar con el equipo de futbol americano. Empezó asistir a las prácticas y le gustó su entrenador y parecía que todavía había esperanza. Pero los préstamos estudiantiles que había financiado no llegaron a tiempo para completar algunos de los cursos básicos que estaban obligados a tomar. Aunque yo le dejé con mi tarjeta de crédito para cubrir cualquiera necesidad que tuviera, sentía que le iba ser muy difícil recobrar el tiempo que perdiese si no empezara su clase a tiempo. De modo que todas estas cosas se combinaron para desanimarle y al final, decidió regresar a casa. Me entristecí mucho al saber de estos acontecimientos pero le animé a tener fe en Dios y quizá algo mejor resultaría a causa de lo que pasó. Poco podía hacer, estando tan lejos del asunto. Era frustrante para mi esposa y para mí. Mi esposa me informó que algunos de los amigos en la Fortaleza de Carson estaban influenciándole negativamente y ella no le gusto, y a Javy tampoco. Pues, para evitar más conflicto, mi hijo decidió a regresar a Massachusetts, donde estaba más familiarizado y vivió con uno de sus primos allí. La *oposición* de mi esposa a este proceder fue *bien justificada* porque una vez que se estableció allí, su conducta se empeoró y en poco tiempo, estaba fumando cigarrillos, se hizo tatuajes, empezó a usar aretes y usar profanidades y comenzó a convivir con una novia (no necesariamente en esa secuencia) Una cosa sí era cierta y era que ya no estaba interesado en asistir a ninguna iglesia ni en las cosas de Dios. Esto, nos quebrantó el corazón porque sentíamos que habíamos fracasado en nuestra misión de criar jóvenes que amaran el Señor. En Corea, cuando estaba solo en mi cuarto dormitorio, yo lloré. Pero pronto, mi tiempo de estar allí se venció y volví a reunirme con mi amada esposa. El resto del tiempo en la Fortaleza de Colorado se pasó muy ligeramente, y antes que lo supiéramos, recibimos órdenes para ir a la Fortaleza Stewart, en Georgia.

# Capítulo 4

Los camiones de mudanza llegaron y en forma acostumbrada, empaquetaron todas nuestras pertenencias y pronto nos hallamos en Hinesville, Georgia. Debo mencionar que no importa dondequiera que yo fui estacionado, hubo un lugar que se llamaba el Centro Nacional de Entrenamiento (National Training Center o apodado NTC en el inglés). Así también fue en la Fortaleza (Fort) Irwin, a la cual vamos casi todos los soldados o los marinos de infantería, que necesitamos adiestrarnos, por si acaso tenemos que guerrear en terreno desierto. El total de las veces que me vi obligado a ir al Centro Nacional de Entrenamiento en California eran como unas 6 o 7 veces. No obstante, una gran victoria al llegar en Georgia, fue que pudimos comprar nuestra primera casa nueva. Era una experiencia muy emocionante para nosotros. Hasta ese punto, yo nunca tenía nada nuevo, excepto el automóvil nuevo que me compré cuando me alisté la primera vez con la Fuerza Aérea. Era una satisfacción ver los camiones de mudanza llegar y los trabajadores comenzar a desempaquetar nuestras pertenencias y colocarlas en nuestra habitación nueva. No me dio temor firmar una hipoteca fija de 30 años porque ya sabía que yo nunca iba tomar tanto tiempo en saldarla. De todos modos yo ingresé a mi unidad nueva, conocí mi nueva cadena de mando y empecé la rutina acostumbrada de levantarme temprano y comer en las tardes con mi familia. Mi más joven, Marcus parece haberse adaptado bien en la escuela e igualmente hizo bien en sus estudios. Hablábamos telefónicamente con Javy, mi mayor y le animábamos a arrepentirse y buscar lo mejor de Dios para su vida. Hallamos una iglesia local con la Iglesia de Dios Pentecostal, Misión Internacional. El pastor de la iglesia era una mujer y una dedicada sierva del Señor. Sentimos que por el momento, podíamos ayudar y hacer una diferencia, dado a que era una iglesia pequeña y necesitaba nuestro apoyo. Nos pusimos a conocer la gente que asistía allí, y pronto nos vimos ayudando en las actividades de la iglesia, inclusive cantando, tocando instrumentos, predicando

Los soldados compañeros de Sargento Wright toman su foto
durante un receso en su entrenamiento cuando estaban en
NTC en California. [1990-92 Fortaleza Riley, KS]

y evangelizando esporádicamente. Mi hijo menor también fue introducido a amigos de su edad, aunque algunos de los adolescentes y jóvenes estaban allí no necesariamente porque eran salvos y cristianos, sino simplemente porque sus padres les traían obligado. Claro, esto es una práctica mundialmente común, porque la mayoría de los jóvenes tienen que ir adónde van sus padres y someterse a las reglas, hasta tal momento que son suficientemente maduros como para hacer sus propias decisiones. ¿No era así conmigo? Sin embargo, hasta este punto, estábamos contentos de estar envueltos en alguna actividad cristiana donde podíamos ayudar a la gente. Mi esposa, quien siempre se involucraba en actividades cristianas, se enteró de una oportunidad de viajar a través del contacto con un ministerio hispano que se llamaba Cristo Viene del evangelista Yiye Ávila. Era una oportunidad para ella viajar a la India con el propósito de ayudar a los pobres y conocer algunos pastores mientras estuviera allá. Yo también intenté acompañar a mi esposa, pero debido a algunos asuntos militares delicados y la incapacidad de poder garantizar mi protección si yo fuera a viajar con ella, no se me permitió ir con ella, porque yo todavía era un "G.I", quiérase decir, pertenencia del gobierno, como a los soldados, se nos apodó. Así que, después de orar y dejar todo en las manos de Dios, pagué por su viaje ida y vuelta y la envié allá mientras los muchachos y yo continuábamos nuestra rutina regular en el hogar. Para ella, era un tiempo de aprendizaje beneficioso. Llegó a la región de Madrás, a un lugar llamado 'Malacapari' y allá, conoció a un pastor humilde y tratable llamado Spurgeon Babu. Ella predicó a multitudes de gentes pero después de 3 días, se enfermó por causa de la temporada de lluvia. También experimentó 'choque cultural', (viendo las vacas sueltas en las calles, mientras mucha gente moría de hambre) y pudo entender mejor la situación de los pobres en una sociedad casta. Cuando regresó de allá, la enfermedad persistió por una semana más pero con el tiempo, recobró su salud. Ella aprendió más y más lo que significaba dar pasos de fe y confiar en Dios. Hasta el día de hoy, todavía recibe correspondencias electrónicas del Pastor Babu y oramos por él y miles de otros ministros dedicados quienes diariamente entregan sus vidas en la obra del Señor en la India.

Volví a caer en los vicios. Surgió unos años más tarde, durante mi estadía en Georgia (un total de 4) Yo comencé a ser negligente en mi vigilancia espiritual y como resultado, empecé a ceder a episodios esporádicos de ver pornografía y en ocasiones masturbación. No había excusa ninguna para esto y la vergüenza que sentí era debilitante, pero aparentemente no suficiente para hacerme dejarlo. En una ocasión, en uno de estos episodios, mi esposa entró sorpresivamente al baño y me vio. Ella fue totalmente chocada y se encolerizó en extremo conmigo por estar haciendo esto, sin mencionar que se sintió muy insultada. Le dije que el problema era conmigo y no con ella y le confesé que yo tenía este problema muy antes de conocerla a ella, aun desde mi adolescencia. Con el pasar del tiempo, ella me perdonó por este incidente, pero desde mis entrañas yo sabía que tenía que tratar de dominar este asunto antes que un final peor me aconteciese. La culpabilidad para esta conducta siempre ha caído únicamente sobre mis hombros y siempre fue porque yo dejaba bajar mis defensas espirituales. Siempre que esto ha sucedido, ha ocurrido un terrible quebranto de corazón, decepción, deshonestidad y mentiras. En cortas palabras, he abierto la puerta a las obras de la carne, ignorando a Gálatas 5:19-21 (RVG-2010) que nos advierte de lo que puede acontecer con aquellos que permiten que estas cosas pasen. Los versos 22-24 exhortan a los creyentes a manifestar el fruto del espíritu. Si yo hubiera hecho esto, probablemente no estuviera escribiéndote de estos fracasos descarados. Lloré y oré que sobre esta falta y esperaba que Dios me soportara y me diera la fortaleza para vencerla. Mientras permanecí en Georgia, yo estaba asignado a unidad que me gustaba mucho, pero un día, recibí órdenes para ir otra vez a un gira militar allende los mares, solo que esta vez, era para ir al Asia Suroeste, a un estado-nación pequeña llamado Qatar. Ni aun había oído hablar de un lugar así, de modo que tuve que investigar donde estaba en un mapa mundial y averigüé que era una nación-estado, como es conocido, la nación que avecina a Arabia Saudita. Nuevamente, no era la primera vez yo había estado en esta parte del mundo. De hecho, era la 3ra vez, ya que las primeras dos veces eran ejercicios militares de corto plazo como de 4 y 8 meses respectivamente. En el primer gira, era una bendición poder trabajar con diferentes ejércitos del mundo en un ejercicio combinado con el propósito de averiguar cómo se fusionaban y coordinaban, durante una guerra, utilizando escenarios simulados. Estábamos en Egipto, en el desierto del Sinaí. Una mañana, nuestro capitán nos preguntó quién entre nosotros quería ir a ver las pirámides de Egipto. Un grupo de nosotros brincábamos en un pie y levantábamos nuestras manos. ¿Era broma? ¿Cuándo en nuestras vidas íbamos a tener una oportunidad de presenciar algo de esta índole en nuestras vidas? Pues, nos vestíamos en ropas civiles, nos montábamos en un autobús y nos fuimos. Créalo o no, yo recuerdo haberme parado en una fila junto con mucha gente, casi todos de distintas naciones. Como nos aproximábamos al punto de la entrada a la pirámide más alta, por casualidad, yo era el número 250. Después que yo entré, el guardia puso una soga a la barandilla de mano y dijo: "No más." Lo que averigüé luego era que a causa del carbono dióxido que exhalamos de nuestros cuerpos, ese elemento es peligroso a la parte interna de las pirámides y porque cientos de turistas pasan por allí todos los días, tienen que limitar la cantidad de personas que entran. De toda forma, yo estaba completamente asombrado y a la vez privilegiado al poder caminar por esas escaleras estrechas hasta la cumbre de la pirámide. Hay un templo pequeño, el cual es aislado con una soga. Uno puede asumir que los arquitectos antiguos lo construyeron con propósitos astrológicos, pero cualquiera que fuese el motivo, era una oportunidad única en la vida para mí.

Antes que lo supe, la misma escena estaba repitiéndose, como en veces pasadas. Ya me encontré abordando un avión otra vez y yéndome después de haberme despedido de mi esposa e hijo. Al llegar, mis superiores rápidamente me orientaron tocante las costumbres que tenían en esa parte del mundo. Me entregaron mi vehículo personal, que era un "jeep" y comencé a involucrarme en mi adiestramiento especial, que en este caso era un, Oficial Sin Comisión; Inspector de Calidad de vehículos armados con rieles y con llantas. El paso de los eventos era ligero por cuanto estábamos preparándonos para invadir a Iraq nuevamente y esta campaña de guerra se apodado Operation Enduring Freedom [Iraq] (Operación Libertad Duradera [para Iraq]). Como de costumbre, siempre buscaba una confraternización fuera de la fortaleza o puesto, pero en un país Islámico, ¿dónde hallar tal confraternidad? ¿Y mi respuesta a esa pregunta? Casi dondequiera que uno busca, halla, aunque parezca imposible. A saber, la iglesia clandestina en Qatar (y otras naciones islámicas) es floreciente, pero es porque se procede en forma discreta, ya que como casi todo el mundo sabe, la persecución es un problema grande allí. Nosotros, que somos de otros países, no estamos obligados a doblegarnos a las restricciones suyas, pero por el amor para nuestros hermanos, estamos dispuestos a conformarnos a la manera que allá, ellos hacen sus procederes. El no ser conformista en una forma callada, tal parece, es el toldo (si quieres decirlo así) para la ventana de la iglesia clandestina o mejor, en ninguna manera ser observada. Esto se hace por medio de no llamarse la atención a sí misma. Fue de esta manera que yo tuve el privilegio de predicar en las iglesias nepalesitas, pakistaníes, Sri Lankana y filipinas durante mi turno militar. Como yo había patrociné por más de 26 años a una muchachita filipina que conocí en mi vida soltera, que se llamaba Joysie Soriano que solo tenía 9 años en ese tiempo (estando yo en la Fuerza Aérea). También conocí a su mamá y papá. En aquel tiempo, ella vivía en la región de Batangas y yo fui allá para visitarla cuando se graduó de su escuela superior. Ese amor y amistad ha durado hasta el día de hoy. Nunca la abandoné, ni cuando su papá Benedicto murió, ni su mamá Teresita también murió. Por más de dos décadas la apoyé como pude financieramente y emocionalmente. Ahora el poder visitar a las iglesias filipinas me llenó de gozo y de una expectativa entusiastica. Ellos me ayudaron comunicar telefónicamente con ella cuando estaba en Qatar y escribirla en Tagalog. En toda mi estadía allá, la iglesia que más frecuentaba era la filipina. Continuamente, yo di mis vueltas a ellas, pero mi iglesia principal mientras estaba allá era la iglesia filipina. ¡Qué relaciones maravillosas, amistades y descubrimientos se hicieron durante este tiempo! Yo frecuentemente comuniqué con mi esposa telefónicamente para describirle que distinta era la vida para los creyentes allá; que entusiastas eran ellos y como estábamos planeando llevar a cabo una cruzada de 3 días. No obstante, un día cuando llamé a mi esposa por teléfono en una ocasión, estaba llorando y le pregunté ¿qué había pasado? Me explicó que mi más joven y la hija más jovencita de la pastora de la iglesia donde ella estaba asistiendo en Hinesville, tuvieron relaciones sexuales ilícitas sin protección y ahora, la jovencita se encontraba embarazada. Esto devastó en absoluto a mi esposa, sin mencionar la pastora de la iglesia donde estábamos asistiendo, quien a su vez estaba justamente llena de coraje contra los dos jóvenes porque el hecho se hizo en su misma casa. Traté de tranquilizar a mi esposa pero no había forma de hacerlo tan fácilmente debido a estos sucesos lamentables. El hecho de que la pastora era una mujer no ayudó en nada, sino empeoró tanto más el asunto. A mi esposa le aseguré que cuando yo volviera, lo trataría con más ahínco, pero por el momento necesitábamos depender de Dios para ayudarnos a enfrentar esta situación. A los hermanos de la iglesia Al Khor, (el nombre de la iglesia local filipina), supliqué que se hiciesen oraciones sin entrar en los detalles inmorales y por supuesto, las hicieron felizmente. Esta noticia me dejó un poco deprimido, aunque traté de mantener mi comportamiento, pero no era fácil. Recuerdo solo una sola vez cuando cedí ante las viejas tentaciones que me asediaban. El sentido de culpabilidad acompañante y el lamento eran ya para estas alturas, casi como una segunda naturaleza, pero la hipocresía de mis acciones eran perpetuamente presentes en mi mente. Simplemente yo llevaba adentro un aborrecimiento hacia mí mismo por haber hecho eso y razoné pues, que el ayunar quizá podía ayudarme dominarlo. En realidad, a veces me decepcioné al pensar que yo podía utilizar el ayuno como un medio de aliviar mi conciencia y a la vez, mostrarle a Dios que por lo menos, estaba tratando de hacer algo tocante mi pecado. Dios no se dejó engañar de mí. Si se dice la verdad, el corazón de uno tiene que ser enteramente dispuesto a arrepentirse del pecado, debilidad o falta y abandonarlo totalmente.

Nuestros nietos cuando  solo eran bebes, años
respetivamente. Alaina (1)  and Xavier (2).

Nuestra nieta Alaina cuando tenía 1 año y ella hoy día, en actualidad. (15)

Carente de esta clase de mentalidad, cualquiera puede ver que tal persona es de doble ánimo e inestable en todos sus caminos, según Santiago 1: 8 (RVG-2010). Yo era ese hombre. ¿Cómo pues, podía yo aún pensar regañar a mi hijo más joven? No obstante, cuando hablé con él, no me faltaban las palabras ásperas para él tocante lo que había hecho y como había herido y faltado el respeto a su mamá. Le dije que una vez la criatura naciese, que ni aun pensara de no ser un padre responsable porque ya que lo hizo, tendría que encargarse de su hijo hasta el fin, y lo dije con todo mi corazón. Sin necesidad de mencionarlo, que estaba yo bien enojado (contra mí mismo por ser el gran hipócrita) y casi no podía contenerme. No mucho después de esto, mi hijo menor decidió seguir mis pasos y alistarse a la vida militar. Nunca estimulé a ninguno de los dos hacia la vida militar ni les hice sentir obligados a tener que hacerlo, pero si, les expliqué los beneficios de ser un hombre militar contrario a ser un simple hombre civil, especialmente dado a que la economía no estaba funcionando muy bien. Como se me dijo a mi cuando yo era un joven: "Siempre tendrás un trabajo porque siempre habrán guerras para pelear." Con todo, siempre creía que tal decisión debió ser hecha con la mayor medida de contemplación y pensamiento. Marcus era un buen trabajador y en lo que antecedía este incidente, nunca nos dio causa para preocuparnos, excepto en los pequeñeces estúpidos que los jovencitos hacen caprichosamente. Siempre consiguió un empleo dondequiera que aplicó, pero aun él podía ver los beneficios que ganaría si hiciera un compromiso al servicio armado. Entre dichos beneficios, serían un ingreso fijo, dinero para el colegio y más seguridad para su hija y mi nieta, quien por vía de información se llama Alaina Ramírez. De modo que le animábamos a que siguiera su sueño y así, se metió al entrenamiento básico en la base de la Fuerza Aérea de Lackland, en San Antonio, Texas. Ahora, se le llama un aviador. Cuando llegué a tener mi sexto o séptimo mes en el país, pude tomar una vacación de 30 días y regresar a los Estados. Era entonces, que mi esposa y yo pudimos dar un viaje a Lackland para ver a nuestro hombre joven graduarse de su entrenamiento básico y luego seguir a su pericia especifica en la Fuerza Aérea, lo cual estaba en Warner Robins, Georgia. Mi hijo mayor también quería alistarse con los soldados marinos pero los doctores le dijeron que tenía los pies planos, lo cual le hizo inelegible. Pues, luego logró conseguir un trabajo excelente con la empresa de tarjetas de salutación de Hallmark

Marcus en una foto con los de su escuadra (Lackland AFB, San
Antonio, TX) al cumplirse su graduación. Primera línea abajo (I
a D, el 7mo aviador, aguantando la bandera de la escuadra).

Marcus y su papá, SSG Wright, retratándose frente a uno de los
varios aviones desplegados en la base de Lackland, TX (2000)

Sargento Wright, su esposa Luz y su hijo Marcus,
cuando estaba graduándose del entrenamiento básico de
la Fuerza Área de Lackland, San Antonio, TX

Marcus, su papá, mamá y amigo aviador disfrutando el llamado "Boardwalk" en el centro del pueblo de San Antonio, TX. (2000)

Marcus hoy, en actualidad, con su 34 años.

en Connecticut. También, nos dio un nieto que lleva por nombre, Xavier. Nuestros dos nietos eran bebes hermosos, nacidos solo con un año de diferencia entre ellos y aunque fueron nacidos fuera de matrimonio, los reclamábamos para el Señor y pusimos nuestra confianza en Él que en su misericordia y bondad, fuesen guardados a pesar de las circunstancias de su nacimiento. Mis dos hijos han sido excelentes padres quienes se envuelven íntimamente en las vidas y actividades de sus hijos. Actualmente, ambos comparten la custodia solidaria en una forma amistosa, a pesar de que cada cual ha seguido su rumbo. Podemos decir (después de 15 años ya) que nuestro nieto y nuestra nieta han sido criados en el temor de Dios y saben lo que es la verdad. Para nuestro alivio y gracias a Dios, no han olvido completamente su crianza cristiana. Oramos que su experiencia con Jesús sea real y que puedan desarrollar una relación íntima con él. Amén. El tiempo de mi gira estaba llegando a su fin y eso es cuando recibimos otra sorpresa más, pero esta vez, la noticia era agradable. Me mandaron del Asia Suroeste directamente a Europa, Luxemburgo. Lo único que tenía que hacer era regresar al puesto viejo, entregar mi equipo y procesarnos fuera del puesto. ¡Aleluya! Mi esposa y yo habíamos estado esperando ir a Europa por un largo tiempo y por fin, llegaron los papeles. Ella estaba muy contenta al oír la noticia. Además de esto, ahora ella podía salir de la ciudad de Hinesville y distanciarse de la atmosfera negativa que le rodeaba y darle esperanza para hacer otras cosas. Ella sonreía un poco más cada día. Llamó a sus hermanas y les dejó saber que iba a Europa y como se esperaba, ellas envidiaron a mi esposa, pero ella les dijo que si tuvieron el dinero para viajar hasta donde estuviéramos, una vez que fuese establecida y estable allá, pues entonces las invitaría para que quedara un tiempito con nosotros, pero nunca fueron.

Yo tenía que irme temprano para poner las cosas en orden, pero la aseguré que estaría en el otro lado esperándola. Desconocido a nosotros, sin embargo, a ella le tocó viajar el mismo día que unos islamistas radicales estrellaron dos aviones en el Centro Mundial de Comercio [World Trade Center] en Nueva York. No solamente se atrasó su vuelo, pero tenía que viajar por medio de guaguas de cuidad a ciudad hasta tal hora que pudieron conseguirla un vuelo a Francia. Una vez que llegó al aeropuerto de Charles de Gaulle, ella entonces podía conectarse a otro vuelo que iba a Luxemburgo. ¡Caramba, que contento estaba yo de verla! Para mí, se veía tan hermosa. Platicábamos todo el camino hasta llegar a nuestro apartamento en Betemburgo, pero me di cuenta que ella estaba fascinaba con todas las cosas europeas, especialmente los lenguajes. La legislación oficial de Luxemburgo es que para vivir en el pueblo, uno debe hablar fluidamente bien o Alemán, o Francés, o Luxemburgués, como se dice. En ese tiempo, di muchas gracias a Dios que yo había estudiado diligentemente el lenguaje francés, desde que estaba estacionado en la Fortaleza Riley, en Kansas. Recuerdo que cuando estaba allí, en realidad yo conocí e hice amistad con una señora Francesa, cuyo esposo por casualidad era un soldado Africano-Americano. Esta señora me ayudó en cuanto a los fundamentos del idioma francés, los verbos, adjetivos, nombres, pronombres, los tiempos presentes, pasados y futuros y en sí, todas las cosas que a uno le hace falta para funcionar bien en una sociedad de habla francesa, inclusive, el escribir bien. Cuando estuve estacionado en Corea del Sur (de todos los lugares) también conocía a otra señora quien por casualidad era natural de Francia y ella construyó sobre el fundamento que yo había adquirido de la primera señora. Incidentalmente, estas señoras nunca me cobraron ni un centavo y siempre sacrificaron su tiempo amablemente. Que Dios las bendiga dondequiera que estén. Cuando estuve estacionado en la nación-estado de Qatar, tomé el examen de lenguaje que ofrece el ejército y lo pasé. Inesperadamente, el ejército aun comenzaba a pagarme por mis pericias de lenguajes. Yo jamás pensé que uno podía recibir pago por conocer al francés o español, pero Dios también estaba mostrándome que ser diligente en una disciplina, no importa cuál sea, tiene sus recompensas a la larga. Ahora, todo parecía caer en su lugar cabal, porque no solamente podía decir a mis superiores que hablaba el francés, pero podía probarme yo mismo entre la gente. Desafortunadamente, no era tan fácil, como yo pensé. Primeramente, los luxemburgueses prefieren que uno hable su lenguaje sobre los otros, como se puede imaginar, pero si tienes que hablar otro lenguaje, que sea el alemán, que es parecido al luxemburgués. Caramba, esa información no se encontraba en ningún libro de los que yo leí. De modo que mi esposa y yo tuvimos que averiguar en una manera desagradable que no todos los luxemburgueses estaban encantados con la idea de hablar otro lenguaje, más que su propio, especialmente cuando Hitler en la Segunda Guerra Mundial, trató de obligarles hablar el lenguaje alemán y borrar su propio idioma. Entendí entonces y claramente su resentimiento. Gracias a Dios, muchos de ellos hablaban el inglés. Eso ayudó a mi esposa a movilizarse sola cuando yo tenía que regresar de nuevo a Asia del suroeste. Pero en el mientras tanto, era divertido el tiempo que tomábamos para conocer la ciudad, el pueblo y la cultura de la gente y sus lugares. Viajábamos con frecuencia a Alemania, Francia, Bélgica y Holanda. A mi esposa, la ingresaron rápido a la comunidad de esposas militares y mis superiores eran profesionales y Oficiales sin Comisión en todo el sentido de la palabra. Igualmente, los oficiales eran profesionales y puedo decir que era una bendición inmerecida de parte de Dios que nos permitió tener la experiencia de esa gira a Europa.

Sergento Wright asistiendo a la escuela de
BNCOC -Aberdeen Proving Grounds, MD (SGT Wright
se ve parado en la 3ra fila, a la derecho extrema).

Servicio conjunto militar con los oficiales Luxemburgués
al frente de la tumba del General Patton en Luxemburgo.
(2002) SSG Wright se ve en el medio.

Luxemburgo, Europa

Lucy (se ve a la izquierda extrema) y sus amigas
comprando en Checosolvakia (2002)

Nuevamente, me asignaron ser un inspector de calidad para vehículos sin y con llantas que iban a la guerra, que en ese tiempo era para la campaña de la Libertad de Iraq. (Iraqui Freedom). A medida que iba progresando la guerra, el coronel pidió para voluntarios para ir al Asia Suroeste, y al campamento de Arifjan, (posteriormente conocido como Doha) para aligerar la expedición de los vehículos que iban a esa región. Por supuesto, levanté mi mano junto a algunos otros oficiales sin comisión en mi unidad y una vez que se hicieron los preparativos, nos vimos ya en el camino hacia allá. Sin embargo, antes que esto aconteciera, ya habíamos estado en Europa por un año y medio, más o menos y mi esposa por fin, se acostumbró viajar sola hasta la Alemania.

Conocimos e hicimos nuevos amigos y aun lográbamos hallar una iglesia Hispana fuera del puesto de Kaiserslautern, Alemania, aunque el pastor del lugar solo lo rentaba y llevaba a cabo servicios allí. Tuvimos que viajar a Bitburg Alemania, a la base de la Fuerza Aérea para nuestro cuidado médico, y a Landstuhl para los asuntos más serios. Alemania es un lugar muy verdoso y bello y muchos soldados y aviadores han optado por vivir el resto de sus vidas allá y levantar sus hijos, ya que se han casado con mujeres alemanas. Pero en cuanto a mi esposa y yo, simplemente disfrutábamos el país, la gente amigable y nos asombrábamos de las muchas etnias que se encontraban allá que han adoptado a Alemania como su país. Aun encontrábamos un hombre joven mexicano, guitarrista quien porque su esposa era alemana y también hablaba bien el español, decidió quedarse allá el resto de su vida. También, se hallaron turcos, africanos, rusos, portugueses y aun cubanos y otras razas de las cuales, la gran mayoría hablaban el alemán muy bien. ¡Maravilloso! Realmente, esto no puede ser lo que Hitler esperaba, ¿verdad? De todas maneras, a lo que llegó mi tiempo de ir a la Asia Suroeste, mi esposa ya se había familiarizada suficientemente con la área como para viajar sola a estos lugares e ir dondequiera que ella quería. Mientras estuvimos en Luxemburgo, por casualidad mi esposa consiguió un empleo, trabajando en el campamento principal adonde se llevaba a cabo nuestros asuntos mayores. Ganó un salario buenísimo y yo siempre dije que era porque Dios quiso bendecir a mi esposa por su constante fidelidad, humildad y fe. Si alguien lo mereció, era ella. ¿En cuánto a ser libre de mis tentaciones? Todavía no estaba completamente libre de ellas, pero sí puedo decir que eran dramáticamente reducidas; es decir que *casi* nunca lo hice mientras estaba allá, pero todavía me faltaba superarlas.

Los meses que estuvimos en el Asia Suroeste pasaron a voladas y el paso de la guerra apenas dejó tiempo para otras cosas, pero compartiría el evangelio con los soldados y oficiales que estuviesen dispuestos a escucharlo. También, se llevaba a cabo estudios bíblicos en las carpas o aun después de las horas de comer en las carpas designadas para los soldados comer, como diese el tiempo. Igualmente, debo mencionar que intenté de todas las formas que se me recomendó moverme al otro rango, lo cual para mí era el E-7. Fui a las escuelas, hice revisión de mis archivos, asistí a la Fortaleza Benjamín Harrison, obtuve mi Asociado de Colegio y como dije, traté de hacer todo lo que supe hacer para obtenerlo. Todo fue en vano o no estaba en los planes. De modo que como mi cumplimiento de los 20 años (como 28 si incluyo mí tiempo en las reservas con la Fuerza Aérea) iban aproximándose, mis superiores me informaron que tendrían que aguantarme de ir a la guerra que estaba destacándose en Iraq y regresarme a Europa para procesarme mi retiro militar; porque para seguir en la vida militar, uno debe tener el siguiente rango correspondiente a los años que lleva. Faltando esto, uno tiene que jubilarse.

A la verdad yo quería seguir a mis compatriotas militares de mi unidad a la guerra en Iraq, pero la sincronización era tal que yo hubiera pasado el límite establecido y el militar no hace errores así tocante a sus soldados que están a punto de jubilarse, que no sobrepasen a su tiempo designado. Decir que estaba muy triste era una declaración modesta. Por otra parte, mi esposa lo tomaba como la mejor noticia que había escuchado hace tiempo. Por tanto, rápidamente, estaba de regreso a Luxemburgo, preparándonos para la transición a los Estado Unidos y para luego procesarnos fuera de la Fortaleza Stewart, en Georgia. Realmente, nos iba hacer mucha falta Europa, como habíamos desarrollados amistades memorables allá.

La foto del SSG Wright antes de jubilarse - 2003

SSG Wright, con Lucy su esposa, justo antes de jubilarse en 2003

También hice preparaciones para continuar mi pasatiempo y amor de pilotear. Hice planes de asistir a una escuela en Fort Pierce llamada PanAm Flight Academy. (La Academia de Vuelo de PanAm) Nos despedimos de nuestros superiores y compañeros en la unidad, vimos nuestras pertenencias empaquetadas. Uno de los oficiales sin comisión nos transportó hasta el aeropuerto, al cual, dimos las gracias y abordábamos nuestro avión de regreso.

Haber regresado a los Estados Unidos era agradable, pero puesto que sabíamos que los de mudanza estaban listos para traer nuestros muebles y cosas donde les dijéramos, tuvimos que viajar a la Florida para conseguir a un nuevo lugar para vivir. Por ende, la transición de la Fortaleza Stewart iba lo más bien, y de allí, íbamos camino hacia la escuela de vuelo. La idea era tratar de vivir lo cercano posible a la escuela, pero la impresión de la vecindad cerca de la escuela y el aeropuerto donde me tocaba entrenar no era buena. De manera que preferíamos vivir en Vero Beach, Florida. Actualmente, al escribir esta autobiografía, todavía vivimos allí.

Amado lector, deseo concretizar aquí (antes de continuar la autobiografía) esta experiencia mía, porque creo que puede ser muy útil para ayudar a cualquiera a liberarse de la adicción a las bajas pasiones de lujuria, onanismo y su secuela de pecados aberrantes y opresivos. Para mí, me parece que cuando estoy intrínsecamente conectado con y en la obra del Señor, "*el pecado que nos asediaba*", ya no me asedia. El modelo siempre parece ser que cuando me puse flojo, sub-vigilante, y negligente en mis devocionales cotidianas, oraciones y ayunos, inevitablemente me veía cediendo a esas tentaciones condenables y luego, me pondría extremadamente lleno de remordimiento por mi falta de fortaleza. Alegremente, ninguna de esas conductas me asaltó al principio de nuestra vida civil.

Algunas veces me pregunto: ¿Cuánto daño hice a la obra de Dios con mis depravaciones e hipocresía y cuanto afecté o retrasé o resté al avance del ministerio de mi esposa o al mío o al ministerio de ambos? El pecado es muy dañino para la obra de Dios. Aunque nadie sepa que el músico o cualquier otro ministro, está en pecado, el Señor sí lo sabe y el diablo también. Así como el pecado de Acán ocasionó una derrota fuerte al pueblo de Dios, así mismo, un esposo lujurioso, puede causar grandes daños al ministerio de su esposa o viceversa. Algún tiempo después volví a caer en la lujuria.

A veces por medio de la televisión, cuando mi esposa estaba durmiendo (y se supone que yo también con ella) yo veía películas lujuriosas o imágenes pornográficas. Más recién, los teléfonos electrónicos y la anonimidad que se asocia con ellos, todo esto solo sirvió para empeorar la situación. Por supuesto, se entiende que los equipos tecnológicos de por sí, ni son buenos ni malos ni causan los problemas, sino es lo que hace el hombre o la mujer con ellos, ya que son objetos inanimados. Fue así como volví a ceder ante el pecado que me había asediado desde mi juventud y fue en esta condición que mi esposa me halló otra vez. Neciamente razoné: Ahora, uno puede visitar a tantos lugares virtualmente sin ser detectado y sin herir los sentimientos de nadie ni ofender. Esos eran mis últimos pensamientos famosos. Se me olvidaba que todos estamos interconectados y que nuestra conducta buena o mala, no solo nos afecta a nosotros, sino a todos los que nos rodean. Me olvidé además, lo que dice el mismo Señor: "…**nada** hay encubierto, que no haya de descubrirse; ni **oculto**, que no haya de saberse. Lucas 12:2 (RVG-2010)

Otra vez fue "por accidente" que mi esposa me sorprendió viendo pornografía en nuestra oficina pequeña, la cual era escondida del trafico principal de nuestro hogar. Aunque varias veces había expresado con ruegos mis disculpas y mi remordimiento y aunque había prometido tomar medidas para corregir este pecado gigantesco, no lo hice. Esto continuó esporádicamente por años y mi pobre mujer sufriendo amargamente por mi inconducta. Varias veces le mentí para cubrir ésta, mi depravación. Esta vez su corazón fue terriblemente quebrantado y yo era la causa de ese duro quebrantamiento. Tenía ella que lidiar con el dilema de decidir qué hacer conmigo por las tantas humillaciones que le causé o ¿debía esperar hasta que yo mismo me corrigiera? La mayoría de los mujeres hace tiempo hubieran lavados sus manos del asunto y se acabó. Pero mi Luz, no. Ella perseveró conmigo a través de estos horribles subes y bajas. Lo hizo porque tenía suficiente fe para creer que yo me levantaría y dominaría eventualmente estas caídas frecuentes. Como mujer de oración, sabía que Dios nos daría el triunfo. ¿Sabes qué? ¡Ella tenía razón! Puedo reportar gozosamente que primeramente con la ayuda, paciencia y misericordia de mi Dios, y luego la de mi esposa, y los consejos sabios de un pastor amigo, líder maduro en el Señor, pude con el tiempo, obtener victoria sobre este aguijón de la carne que yo mismo provoqué. No fue fácil. Todavía hoy, me cuido con hipervigilancia de jamás regresar a estos episodios lujuriosos. En acuerdo con mi amada esposa, estos fueron los pasos que tomé:

1- Arranqué la computadora de donde estaba instalada y la mandé a poner en la sala principal de la casa, donde mi esposa pudiera ver todo y tener acceso a verificar mis actividades en cualquiera hora que ella quisiera.

2- Yo no podía ponerme molesto las veces que ella quisiera hacerlo porque si no hubiera sido tan estúpido dejándome aplastar de esta corrupción carnal.

3- Ella tendría acceso a investigar mi teléfono celular androide también, puesto que fue con este aparato que ella me sorprendió viendo esta basura, a pesar de que en ese tiempo, ella no sabía cómo manejarlos. Por eso le compré un teléfono igual que el mío, y le enseñé como usarlo para que ella estuviera al tanto con estos avances tecnológicos y pudiera navegar en el mío.

4- Acodamos que yo estaría en disciplina. Por lo tanto me abstendría de tomar parte activa en los servicios. Justamente así fue. Yo me distancié temporalmente de toda actividad que me requería ministrar, hasta que yo pudiera tener control de la situación. Aunque eso, no fue tan fácil hacer, pero al fin vino pude superarlo con la ayuda de Dios y ahora puedo declarar que me siento extremadamente bien, sabiendo que estas adiciones fueron superadas.

Por todo esto entendí yo que Dios mismo estaba reprendiendo mi conducta, sencillamente usando a mi esposa. Creo que Dios nos guio a dar esos pasos para salir de esos degradantes vicios. En realidad, Dios me estaba mostrando cuanto me ama, porque era mucho más preferible que mi esposa me amonestara y que protestara, a que Dios me reprendiera, porque no creo que hubiera podido sobrevivir una represión de parte de Dios. Dicho sea de paso, es bueno recalcar que nunca es mala en sí misma la tecnología, sino que *el mal uso* de la misma es lo que mete la gente en problemas. A mí, me trajo problemas dobles.

Me sentiré satisfecho si este libro puede ser útil para que si acaso alguien estuviera enmarañado en este vicio, puede saber que hay una escapatoria del condenado vicio de la pornografía y del onanismo. No es fácil. Todo el que cae en el primero generalmente cae en el segundo, también en la infidelidad a su conyugue y posiblemente en la promiscuidad sexual. Es una cadena apretadora y opresiva de la cual difícilmente se puede salir. En eso, no está solo en la debilidad humana, sino también en la influencia de los demonios. Hoy como psicoterapita cristiano y ministro el Señor que fui prisionero de esos horribles vicios, aconsejo humildemente que se considere los siguientes pasos para salir de la pornografía y de los vicios descritos:

1- Reconozca que tiene un problema serio. Tan serio que puede afectarle mucho en todos los aspectos. Puede hacerle perder su matrimonio, su trabajo, su reputación y sobre todo su alma.

2- Confiese esa actividad ante Dios como un pecado de lujuria que puede desembocar en muchos otros pecados.

3- Acuda sinceramente a Dios en oración pidiendo fuerzas para vencer ese mal.

4- Lea diariamente la Biblia con reverencia y súplica a Dios por sabiduría para entender y obedecer su mensaje.

5- Deshágase sin titubear de todo material alusivo a la pornografía.

6- Evite navegar por internet en lugares ocultos, ya sea por computadora tableta, teléfono o cualquier otra vía.

7- Busque un amigo maduro, serio, honesto y leal con quien conversar de su debilidad, que le aconseje sin ridiculizarlo.

8- Aprenda a conocer este tipo de guerra espiritual y a combatirlo usando las armas del Espíritu.

9- Ocupe su tiempo, prudentemente al máximo, en cosas edificantes, provechosas, educativas, espirituales.

Si el lector está siendo víctima de este degradante vicio, aplique estos pasos. Podrán ayudarle a salir del oscuro foso de la adicción pornográfica y su cadena humillante de lujuria y desenfreno.

Como ya dije, nos establecimos en vero Beach, Florida. Rápidamente fuimos en búsqueda de una iglesia hogareña y permanente. Después de visitar muchas, decidimos quedarnos en una en la ciudad que se llamada "Fort Pierce" (Fortaleza Pierce). El nombre del concilio de la iglesia se llamaba: "La Iglesia de Dios

Pentecostal, M.I." Permanecimos fieles en esa congregación y después de como ocho meses, los pastores de esa iglesia nos hicieron una visita a nuestro hogar y nos presentaron una oferta de pastorear en la ciudad donde ya estábamos viviendo; esto es, Vero Beach.

Después de orar, decidimos aceptar la oferta y comenzamos con cero en cuanto al número de miembros que teníamos. Simplemente fuimos evangelizando y hablando con la gente acerca del Señor y su salvación. Mientras yo estaba haciendo ejercicio en el gimnasio, yo conocí a dos muchachas de México y en español, comencé hablarles acerca del Señor. Las dos estaban muy atentas, pero la más joven de las dos estaba abierta a la idea de empezar una célula hogareña. Pues, la invité a mi hogar para conocer a mi esposa y tomar un café y panecitos dulces con nosotros. Ella animadamente aceptó y después de derramar su corazón a nosotros, se hizo la primerita miembro de nuestra iglesia. De allí, rápidamente creció a 8 o 9 jóvenes. Formamos un grupo de coro compuesto de jóvenes y ganamos alguna otra gente al Señor en el camino. Cuando llegamos a tener 25 personas en plena comunión y membrecía, el concilio decidió designarnos una iglesia organizada, que ya no tenía necesidad de recibir fondos de asistencia financiera. Eso era un momento de orgullo para nosotros y la iglesia pequeña comenzó a crecer gradualmente. A veces nos llegó gente de otras iglesias y aun de nuestro mismo concilio que por varias razones, decidieron a juntarse con nosotros y hacerse miembros de nuestra congregación. La mayoría de esta gente no fue beneficiosa para nuestra iglesia porque al principio, se mostraron dóciles, pero luego sus propósitos y motivos reales se manifestaron. Algunas eran calumniadoras (pindongas) proliferas y por eso, eran despedidas de sus previas congregaciones. Otros, pensando que sabían más que los pastores, intentaron imponer su manera de hacer las cosas sobre los feligreses, lo cual opusimos fervientemente. Otros, llegarían a la iglesia no porque amaban tanto a Dios y le querían adorar, sino que querían hablar con las muchachas bonitas. Aun en el ministerio carcelero o de prisión, Dios me permitió realizar avances grandes en cuanto a ver muchos presos que recibieron su salvación mientras estaban encarcelados. Estos hombres eran humildes y cuando uno les veía y oía hablar, nadie dudaría que no fueran a cumplir cada palabra que dijeron tocante a ser fieles a Dios, a la iglesia local y a sus familias una vez que fueron sueltos.

No obstante, cuando fueron despedidos de la prisión, eran como si hubieran olvidados completamente de los juramentos que hicieron. El noventa y ocho por ciento de ellos (a mi parecer y si mi mente no me es infiel) ni siquiera pasaron por nuestra iglesia, o ninguna para decir la verdad. Muchos, dentro de tres semanas de haber sido soltados ya tenían una cerveza en sus manos y se habían vueltos a sus mañas viejas. Lastimosamente, algunos regresaron a la cárcel y cuando me vieron, agacharon sus cabezas en vergüenza, pero yo siempre les decía que era a Dios que tenían que pedir perdón, y no a mí porque yo no era más que un vaso humano igual a ellos, lleno de fallas humanas. El dos por ciento de los que fueron deportados y regresados a sus países, se mantuvieron fieles al Señor hasta donde yo sepa, pero aun así, realmente solo Dios lo sabe. Ahora sí, yo comprendo el escepticismo de otros ministros que no quieren saber nada del ministerio carcelero o de la prisión. Se pusieron amargados sobre tanto tiempo y energía malgastada sobre engañadores y se enojaron contra ellos mismos por no haberles discernido o reconocido lo que realmente eran. Sin embargo, la iglesia siguió creciendo y creo que lo más que llegábamos a tener era como 50. No obstante, eso nunca duró mucho antes que alguien, por alguna razón u otra, no gustó la manera que se estaba haciendo las cosas y decidió irse, la mayoría en una forma desagradable, y unos pocos en una manera agradable. A esto, se añade el hecho de que la mayoría de las iglesias locales eran muy liberales en manera de vestirse, y se hace fácil de ver el por qué era tan difícil sostener una congregación viable.

También, aunque me da pena decirlo, hubo momentos donde se destacaron conflictos autoritativos entre mi esposa y yo, puesto que ella llevaba el título oficial de Pastora y yo (debido a mis creencias y convicciones personales sobre la celebración de la Navidad, la despedida del año y otros asuntos doctrinales) decidí mejor dejarme conocer como un simple hermano dispuesto apoyarle en todas las cosas. Pero, para ser honesto, esa posición a mí se me ofreció primeramente. Pero, pensé mejor no causar más confusión con traerles esos asuntos, ya que eran mis convicciones personales más que lo demás. Por la mayor parte, cualquier conflicto que hubo entre mi esposa y yo, lo resolvimos. No obstante, puedo decir definitivamente que no hubo una conexión directa con mis pocas vergüenzas pasadas. Tampoco tenía nada que ver con quien tenía más autoridad en la iglesia ni nada por el estilo.

Esto sencillamente era mi realidad de lo que dice el apóstol Pablo en Romanos 7: 19 (RVG-2010)."Porque no hago el bien que quiero, sino el mal que no quiero, éste hago."

Es difícil describir como esto funciona. Por un lado, estábamos tratando de mantener la membresía de la iglesia. Confraternizábamos con las mismas iglesias del distrito en funciones regionales y aun nos juntábamos con la fraternidad local para poder conocer mejor los diferentes miembros de las congregaciones y sus pastores. No obstante y más que todo, creo que mi doble hipocresía era lo que estaba afectando el crecimiento de la iglesia más que todas las cosas. ¿Por qué razón quisiera usar Dios un vaso dado a inclinaciones carnales e secretas en su obra? ¿Usted lo quisieras? Mi esposa solo deseaba ver una iglesia normal, saludable y gozosa y yo también la quería, pero uno no puede predicar en un domingo acerca de la bondad de Dios, y luego en el lunes, hacer algo que es completamente contrario a vivir la vida santa y pía. Esto me conduce a compartir estas últimas observancias.

# Conclusión

El ayuno, si se mal usa, si no hay una verdadera humillación sincera delante de Dios, no es de ningún provecho, pero si se usa como Dios lo ha prescrito en su palabra, entonces puede ayudar mucho a dominar las debilidades y pecados, como lo que he descrito en ésta, mi autobiografía abreviada. Aunque nuestra membrecía prácticamente bajó a cero y nuevamente nos pusieron bajo el estatus de iglesia principiante (lo cual, quiere decir que en nuestro concilio si la iglesia tiene una membrecía menor de 20 personas en plena comunión, la iglesia baja a un estatus de iglesia principiante hasta que vuelva a alcanzarlos 20 miembros en plena comunión), mantenemos nuestra fe para creer que nuevamente cobraremos el auge perdido y saldremos del status de iglesia principiante. Creemos que seremos restaurados nuevamente a un lugar de prominencia espiritual, donde las señales, prodigios y milagros sucedan; una iglesia santa y temerosa dc Dios. Poco a poco, estamos atestiguando ese crecimiento y dependemos de la dirección de Dios para guiarnos en esta extremadamente importante batalla espiritual.

Posiblemente, el lector ha notado la ausencia de referencias espirituales después de cada oración. Yo pude haber hecho eso, pero lo pensé mejor hacer notorias solamente las que se aplican a mi situación en particular, aunque yo pude haber añadido muchas más para apoyar este testimonio. No obstante, quisiera dejarles con la que si la hubiera apropiado desde un principio, probablemente no estuviera escribiendo este libro corto. Se halla en 1 Cor. 10: 13 (RVG-2010) y dice: "No os ha tomado tentación, sino humana, más **fiel es Dios**, que no os dejará ser tentados **más** de lo que podéis soportar, sino que con la tentación dará también la salida, para que podáis resistir." (*Letras o palabras sobre-ennegrecidas son mías*.) Para clausurar, permítame compartir estas verdades halladas en esta declaración poderosa del apóstol Pablo.

1 Lo dado por entendido es que como cristianos, tendremos tentaciones temprano o tarde (y esto lo saben la mayoría de los creyentes en Jesús ya) pero según esta declaración, si cedemos a las tentaciones, no es porque Dios quiere, sino nosotros queremos y en mi caso, ignoré la salida provista por Dios y puse más atención a mi lujuria carnal que del escape espiritual para mi vergüenza.

2 Es importante que dependamos de la fidelidad de Dios, en oposición de nuestra supuesta habilidad para superar cualquiera tentación que confrontemos, ya sea del interior o el exterior o sensorial.

3 No está ventajoso para Dios dejarnos sufrir cualquiera tentación **más de** lo que podamos soportar (tolerar, tratar), porque él sabe que el resultado de esto al fin sería que termináramos doblegándonos a la tentación. a lo largo. (*letras sobre-ennegrecidas son mías.*)

4 Date cuenta que su amor para nosotros es tal que ya ha hecho (planeado) una manera para nosotros escapar (resistir, reprender, huir de) la tentación al fin de que podamos soportarla. Nuevamente, si yo hubiera hecho esto, no estuviera contándoles esta triste parte de mi historia ahora.

Antes de terminar, quisiera traer a la atención del lector el por qué en círculos Cristianos, quizá no se ve muchos los que son simpáticos cuando oigan que un hermano o una hermana haya sucumbido a pecados (carnales, cuáles sean) de esta naturaleza. Hay una *distinción* clara y presente que debe ser obvia en la vida del creyente cristiano, respaldada por varios pasajes bíblicos que nos dicen así directamente o lo implican. Lo siguiente solo son unos cuantos de muchos que se podía citar:

Mateo 7: 16 (RVG-2010) "Por sus frutos los conoceréis. (¿Quién? Los cristianos) ¿Se recogen los hombres uvas de los espinos o higos de los abrojos? [Distinción]

2 Cor. 6: 14—16 (RVG-2010) "No os unáis en yugo desigual con los incrédulos; porque que compañerismo tiene la justicia con la injusticia? ¿Y qué comunión la luz con las tinieblas? ¿Y qué concordia

Cristo con Belial? O qué parte el creyente con el incrédulo? ¿Y qué concierto tiene el templo de Dios con los ídolos?..[Separación]

Efesios 5: 11 (RVG-2010) "Y no participéis con las obras infructuosas de las tinieblas, sino antes reprobadlas." [No debemos participar]

Obviamente, como dije, se podía añadir muchos más pero estos cuanto deben ser suficiente para dar entender que es la naturaleza santa de Cristo en sus seguidores que les impulsa a desdeñar o distanciarse de tales creyentes que manifiesten estas debilidades, faltas o pecados acerca de los cuales, lees ahora y algunos otros que no son mencionados. Por otra parte, sabemos el famoso apóstol Pablo también expuso otra verdad grande cuando en 1 Cor. 13: 1 & 7 (RVG-2010), dijo: El amor…todo lo sufre…todo lo soporta." También, nos exhortó en Gálatas 6: 1 (RVG-2010) "Hermanos, si alguno fuere tomado en alguna falta, vosotros que sois espirituales, **restaurad al tal** en espíritu de mansedumbre, considerándote a ti mismo, no seas que tú también seas tentado." (letras sobre-ennegrecidas son mías.)

Ciertamente no deseo nunca que nadie pase por lo que pasé, jamás, sean cristianos o no. Tampoco estoy buscando excusas ni justificaciones por mi conducta previa, pero yo sí oro que dentro de nuestras iglesias, hubiera ministerios que se levanten y que traten más específicamente con asuntos de esta índole. ¿Para qué? Para evitar que algunos (aunque sean escasos los casos) "no hallando refugio ninguno", por decirlo así, no se vean obligados a tener que buscar auxilio fuera de nuestra denominación u concilio. Peor aun sería que ellos lo tuvieran que buscar en ámbitos o círculos seculares como leen que yo hice, no sabiendo a dónde más irme en aquel tiempo. No es que otras denominaciones hermanas no sean suficientemente capacitadas para tratar tales asuntos, sino lo mismo evidencia que posiblemente no estemos al tanto de tales situaciones que surjan en nuestros medios. Nuevamente, mi convicción, según mi experiencia hasta la fecha, es que al parecer, no existan muchos casos, gracias a Dios. Yo oro que absolutamente nadie que lee este libro fuera tan negligente como para tener experiencias similares a las que están descritas aquí. Me da vergüenza tener que escribir acerca de estas cosas. Santiago 5:16 (RVG-2010) declara: "Confesaos vuestras faltas unos a otros y rogad los unos por los otros para que seáis sanados. La oración eficaz del justo puede mucho." Comprendo que algunos quizá piensen que la confesión no necesariamente consiste en divulgar las fallas de uno en un tribunal público y estoy de acuerdo que en algunos casos, el hacerlo no sea necesario, pero en mi caso, sentí movido del Espíritu Santo hacerlo, porque lo mismo se convirtió en una terapia para mí, la cual me liberó de mi adicción, que de hecho ya no es **mía**. La entregué nuevamente y gozosamente al diablo, aunque yo era un tonto por haberla tomado en el primer lugar. Nunca pertenecía a mí, pero en mi debilidad, di la bienvenida a ella y mira que mucho daño permití que me hiciera a través de años y décadas. Gracias a Dios usted, el lector es más inteligente que eso. Presumo que ningún cristiano verdadero jamás permitiría que tales errores sucediesen en su vida. Tales cristianos siempre tendrán mi mayor admiración; imitar tales personas y su conducta y sus ejemplos es algo que se debe anhelar. Pero, por si acaso y alguna posibilidad remota que si hay un lector que cae en esa minoridad de aquellos que sufran de tal malestar espiritual, te animo apropiarse del escape ya provisto por Dios mencionado arriba para que tú también escapes "...**del pecado que nos asedia.**", (cuales sean los tuyos.) (*Letras o palabras sobre ennegrecidas son mías*.)Todavía sigue siendo verdad que si resistimos al diablo, de nosotros huirá. Santiago 4: 7 (RVG-2010). La implicación obvia es que el resistir es un deber nuestro, siendo que Dios ha provisto ya la victoria sobre el diablo mediante el sacrificio de su propio Hijo. Creo que más tarde, me llamó la atención el explorar las adicciones y como se funcionaban. Procedí adelante y recibí mi maestría en Trabajo Social con un énfasis mayor en la psicoterapia que se administra bajo varias modalidades en forma ecléctica. No obstante, siempre presento principios bíblicos como la mejor y más segura manera para ayudar a las personas con personalidades adictivas y problemas con salud mental. **Después** de ser cristiano, ya no tenía excusa (ni la tengo ahora) ninguna para dejarme llevar por las tentaciones, dado que tenemos una exhortación en Santiago 1: 12-15 (RVG-2010) que dice: "Bienaventurado el varón que soporta la tentación, porque cuando fuera probado, recibirá la corona de vida que Cristo ha prometido a los que le aman. Cuando uno es tentado, no diga que es tentado de parte de Dios; porque Dios no puede ser tentado con el mal, ni Él tienta a nadie. Sino que cada uno es tentado cuando de su propia concupiscencia es atraído y seducido. Y la concupiscencia, cuando ha concebido, da a luz el pecado; y el pecado, siendo consumado, engendra muerte."

Estos versos encierren en sí, lo que permití que me pasara. Le animo a usted, que tal vez esté lidiando con una adición, (cual sea) a entrar confiadamente en el camino que Dios nos ha provisto abundantemente por la fe en su palabra. Quizá piensas que has caído tantas veces que ya Dios ha lavado sus manos tocante a usted. No es así, amado lector. ¡Aleluya! 1 Juan 1:9 (RVG-2010) sigue siendo la verdad.

Lucy y nuestros hijos celebrando el 25to aniversario
del matrimonio de su mamá (2008)

Capellán y Reverenda Michael y Luz Wright, en pleno ministerio (2016).

¿Lo has leído últimamente? Dice: "Si confesamos nuestros pecados, Él es fiel y justo para perdonar nuestros pecados, **limpiarnos** de **toda** maldad." (*Letras o palabras sobre-ennegrecidas son mías.*) He hecho esto hasta el punto de compartir esto en un foro público. Algunos dicen que esto no es sabio y tales cosas deben ser calladas y nadie se dará cuenta. Quizá para ellos, eso sería su manera preferida, pero no puedo ignorar el impulso del Espíritu Santo que de alguna forma, otros necesitan escuchar este mensaje. Recibiré con gozo cualquiera vergüenza que vendría a mí como resultado de esta revelación, porque lo merezco en cantidad, pues nadie me obligó hacer estas cosas. Una cosa aprendí de mi papá que se me ha quedado hasta el día de hoy es que cuando uno hace un error, uno debe ser suficiente hombre para aceptarlo y si es posible, corregirlo. Esto es lo que estoy tratando de hacer. Si he sido osado en promover las cosas buenas que traen gloria y honor a nombre de nuestro Señor y Salvador, ¿seré yo cobarde cuando expongo las cosas traen deshora y vituperio, especialmente si yo soy la causa? Pienso que no.

De manera que al cerrar, nuevamente quiero expresar mis gracias por acompañarme en esta jornada breve de testimonios y confesiones, donde he abierto mi corazón y desnudado mi alma y vida. Mi deseo único en hacer esto es intentar ayudar a los que son cautivos en las garras de la adición y dejarles saber que **pueden** superarla. ¿Por qué? Porque Romanos 8: 28 (RVG-2010) declara: "Y sabemos que todas las cosas ayudan a bien, a los que aman a Dios, a los que conforme a su propósito, son llamados." ¿Amas usted a Dios? Claro que sí. De lo contario, probablemente, no hubiese llegado usted a este punto en el libro. ¿Eres parte de los que "son llamados conforme a su propósito?." Solo usted puede decidir eso, pero aunque sientes que no hay esperanza porque te has hallado haciendo cosas que sabes en tu corazón son desagradables a Dios, tienes que recordar que Dios **nunca** se dará por vencido en cuanto a ti, con tal de que tu no le abandones a Él. ¿Puedes creer esto? ¿De veras lo crees? ¡Sí! Entonces ya caes en una categoría diferente a los demás, aunque no lo hayas sabido. ¿Sabes cuál es esa categoría? ¡Se llama conquistador! Eres alguien que, aunque fue tumbado, pero no quedó inconsciente y quien tiene la fortaleza interior de levantarse y seguir peleando y luchando hasta la victoria sobre la carne, el diablo y el infierno. ¡Ese alguien es **USTED**! Romanos 8:37 (RVG-2010) dice: "Antes, en todas estas cosas somos **más que vencedores** por medio de Aquel que nos amó."

Jesús te ama, y yo también. Que Dios te bendiga ricamente en todo lo que haces para Él y para otros. Si deseas comunicarse con este servidor, estoy disponible al teléfono, 1 (912) 332-0271 o confirmando amistad en Facebook, o el email, que es mcwright77@comcast.net. Amén.

# Apéndice A

## La muerte de la condenable fiera

I   ¿Quién podrá gritar bien del monstruo que en mi se esconde?
Igual como la bestia que en la jungla se agacha, y su víctima
no supo su nombre.
¿Quién me vende cadenas tan fuerte que subyugue la hipocresía?
Dueño de tienda, oiga mi ruego, porque te acerco esperando empatía.

II  Años muy largos él anda rugiendo más el único quien le
oye soy yo; y por eso se luce sabiendo muy bien, que si lo
divulgo me dirán: "¡Estás loco!"
Y tienen razón porque ellos no ven mis lágrimas que de noche, se caen;
mas llega el día y raya el alba y pocos son los que sospechan.

III Del daño que me hago con mí pensar insalubre y acciones, impulsivas
y carnales; Y el bien que un creyente debe mostrar se vuelve algo
desechable. ¡Pobre de mí! ¿Quién me liberta del monstruo que solo yo
veo? Que lucha conmigo como una fiera que es—matarla es mi deseo.

IV Gracias a Dios no me doy por vencido mientras el ayuno
existe; con Cristo y su fuerza que tengo le sirvo y mi ser
a la verdad persiste. ¡Ojalá pudiera decirte el servirle a Cristo
es mucho más fácil; pero no te miento, fácil no es; ¿y
la muerte, será más frágil?

V  Si eres cristiano, eres mi hermano y espero que no tengas
fiera. Pero si como yo, tú la tengas adentro, consigas cerrojos del
que los venda; Y vayas allí donde el monstruo habita, y átelo a fin
que se muera: y juntos gozaremos al final trompeta de la muerte de
condenable fiera.

**Autor---Michael C. Wright/2005**
Inspiración Bíblica---Rom. 7: 8-25

# Apéndice B

## MISERABLE

1. ¿Quién me vende cadenas tan fuerte que subyugue la hipocresía?
¿Quién me escribe receta potente que me quita mi agonía? 2xs► Oh no
¿Quién me devuelve el canto alegre que antes yo cantaba con alegría?
2xs►¡Miserable hombre de mí! ¿Quién será quien liberte a mí del cuerpo de
esta muerte?

   CORO:
   Porque si hago el mal que no quiero, mas no hago el bien que deseo,
   compruebo así, el mal que mora en mí. Mas el hacer el bien, tengo
   adentro, más el ponerlo por obra no encuentro, no, no, fuera de tí, más
   aun así tu amor sentí, Señor Jesús.

2. ¿Quién a mí me dio el poder sobre mi carne tan traicionera?
¿Quién es él que aboga por mí, para que yo podré al fin, vencerla? 2xs► Oh no,
¿Quién me restaura mi canto alegre que ahora yo entono con alegría?
2xs►Miserable hombre que fui, Cristo es quien liberta a mí del cuerpo de
esta muerte? {Al CORO de nuevo y terminar}

Lírico y Arreglo instrumental e
musical por: Michael C. Wright
Inspiración—Romanos: 7—25
Febrero—2009 F menor

CPSIA information can be obtained
at www.ICGtesting.com
Printed in the USA
BVOW07s2050060916

461317BV00021B/131/P